PROSAS APÁTRIDAS

Julio Ramón Ribeyro

PROSAS APÁTRIDAS
(Completas)

Tradução
GUSTAVO PACHECO

Posfácio
PAULO ROBERTO PIRES

Título original
PROSAS APÁTRIDAS

© herdeiros de Julio Ramón Ribeyro, 1994

Todos os direitos reservados.

Copyright da edição brasileira © Editora Rocco Ltda., 2016

Direitos para a língua portuguesa reservados
com exclusividade para o Brasil à
EDITORA ROCCO LTDA.
Av. Presidente Wilson, 231 – 8º andar
20030-021 – Rio de Janeiro – RJ
Tel.: (21) 3525-2000 – Fax: (21) 3525-2001
rocco@rocco.com.br
www.rocco.com.br

Printed in Brazil/Impresso no Brasil

Coordenação da coleção
JOCA REINERS TERRON

Preparação de originais
JULIA WÄHMANN

CIP-Brasil. Catalogação na fonte.
Sindicato Nacional dos Editores de Livros, RJ.

R373p	Ribeyro, Julio Ramón
	Prosas apátridas: completas/Julio Ramón Ribeyro; tradução de Gustavo Pacheco. – 1ª ed. – Rio de Janeiro: Rocco, 2016.
	(Otra língua)
	Tradução de: Prosas apátridas
	ISBN 978-85-325-3019-6
	1. Ficção peruana. I. Pacheco, Gustavo. II. Título.
15-28557	CDD-868.99353
	CDU-821.134.2(85)-3

Sumário

Nota do autor 9
Prosas apátridas 11

Posfácio
200 princípios de liberdade,
por Paulo Roberto Pires 151

O butim dos anos inúteis, que com tanto
zelo guardaste, dissipa-o agora: te restará o triunfo
desesperado de ter perdido tudo.

R. Tagore

Nota do autor

O título deste livro merece uma explicação. Não se trata, como alguns entenderam, das prosas de um *apátrida* ou de alguém que, sem sê-lo, se considera como tal. Trata-se, em primeiro lugar, de textos que não encontraram lugar em meus livros já publicados e que erravam entre meus papéis, sem destino nem função precisos. Em segundo lugar, trata-se de textos que não se encaixam plenamente em nenhum gênero, pois não são poemas em prosa, nem páginas de um diário, nem anotações destinadas a um desenvolvimento posterior, pelo menos não os escrevi com essa intenção. É por ambos os motivos que os considero "apátridas", pois carecem de um território literário próprio. Ao reuni-los neste volume, quis salvá-los do isolamento, dotá-los de um espaço comum e permitir sua existência graças à contiguidade e à quantidade.

Não escondo que, ao tomar esta decisão, tive em mente *Le Spleen de Paris,* de Baudelaire. Não por emulação pretensiosa, e sim pelo caráter relativamente "disparatado" do conjunto e por se tratar de um livro, como diz o poeta em sua dedicatória, que é "*à la fois tête et queue, alternativement et réciproquement"* e que, por consequência, pode ser lido pelo começo, pelo meio ou pelo fim. Além disso, a maior parte dos textos foi escrita em Paris e, como na obra do autor de *Les Fleurs du mal*, essa cidade aparece nominalmente ou como pano de fundo em muitos destes fragmentos.

— *Paris, 1982*

1

Quantos livros, meu Deus, e quão pouco tempo e às vezes quão pouca vontade de lê-los! Minha própria biblioteca, onde antes cada livro que entrava era previamente lido e digerido, vai ficando infestada de livros parasitas, que chegam lá muitas vezes não se sabe como, e que por um fenômeno de imantação e de aglutinação contribuem para cimentar a montanha do ilegível e, entre estes livros, perdidos, estão os que escrevi. Não digo em cem anos, mas em dez, em vinte, o que ficará de tudo isto! Talvez só os autores que vêm muito lá de trás, a dúzia de clássicos que atravessam os séculos, frequentemente sem serem muito lidos, mas garbosos e robustos, por uma espécie de impulso elementar ou de direito adquirido. Os livros de Camus, de Gide, que há apenas duas décadas eram lidos com tanta paixão, que interesse têm agora, apesar de terem sido escritos com tanto amor e tanto esforço? Por que dentro de cem anos as pessoas continuarão lendo Quevedo, e não Jean-Paul Sartre? Por que François Villon e não Carlos Fuentes? O que é preciso pôr em uma obra para que ela dure? Ao que parece, a glória literária é uma loteria, e a perenidade artística um enigma. E, apesar disso, continuamos escrevendo, publicando, lendo, comentando. Entrar em uma livraria é pavoroso e paralisante para qualquer escritor, é como a antessala do esquecimento: em seus nichos de madeira, os livros já estão se preparando para dormir seu sono definitivo, muitas vezes antes mesmo de ter vivido. Qual foi o imperador chinês que destruiu o alfabeto e todos os vestígios da escrita? Não foi Eróstrato quem incendiou a biblioteca de Alexandria? O que talvez pudesse nos devolver o gosto pela leitura seria a destruição de tudo que já foi escrito e o fato de partir inocente, alegremente, do zero.

2

Vivemos em um mundo ambíguo, as palavras não querem dizer nada, as ideias são cheques sem fundos, os valores carecem de valor, as pessoas são impenetráveis, os fatos, uma massa disforme de contradições, a verdade, uma quimera, e a realidade, um fenômeno tão difuso que é difícil distingui-la do sonho, da fantasia, da alucinação. A dúvida, que é a marca da inteligência, é também a tara mais execrável do meu caráter. Ela me fez ver e não ver, agir e não agir, impediu em mim a formação de convicções duradouras, matou até mesmo a paixão e, no fim das contas, me deu do mundo a imagem de um redemoinho onde se afogam os fantasmas dos dias, sem deixar outra coisa além de fragmentos de acontecimentos loucos e gesticulações sem causa nem finalidade.

3

O sentimento da idade é relativo: somos sempre jovens ou velhos em relação a alguém. César Vallejo diz em um poema em prosa que, por mais que passem os anos, nunca alcançará a idade de sua mãe, o que de resto é verdade. É compreensível que os homens de quarenta ou cinquenta anos continuem sentindo-se jovens, pois sabem que ainda há homens de setenta ou oitenta. Só quando se chega a essa última idade é que começam a escassear os pontos de referência por cima. Os octogenários se sentem poucos, ou seja, sozinhos, velhos.

4

Teoria do "erro inicial": em toda vida há um erro preliminar, aparentemente trivial, como um ato de negligência, um raciocínio falso, a aquisição de um tique ou de um vício, que engendra por sua vez outros erros. Caráter acumulativo destes erros. Sobre este tema: imagem do trem que, por um erro do sinaleiro, toma o caminho errado. Seria mais justo dizer por um descuido do maquinista da locomotiva. Mais justo ainda imputar o erro ao passageiro que entrou no vagão errado. O certo é que acabam os mantimentos do passageiro, ninguém o espera na estação, ele é expulso do trem, não chega ao seu destino.

5

Conhecer o corpo de uma mulher é uma tarefa tão lenta e tão louvável como aprender uma língua morta. A cada noite é acrescentada uma nova comarca a nosso prazer e um novo símbolo a nosso já abundante vocabulário. Mas sempre restarão mistérios por revelar. O corpo de uma mulher, todo corpo humano, é por definição infinito. Começamos tendo acesso à mão, esse apêndice utilitário, instrumental do corpo, sempre à mostra, sempre disposto a entregar-se a não importa quem, que trafica com toda sorte de objetos e adquiriu, com tanta sociabilidade, um caráter quase impessoal e anódino, como se fosse o empregado ou porteiro do palácio humano. Mas é a primeira coisa que conhecemos: cada dedo vai se individualizando, adquire um sobrenome, e depois cada unha, cada veia, cada ruga, cada sinal imperceptível. Além disso, não é só a mão que conhece a mão: os lábios também conhecem a mão, e então é acrescentado um sabor, um cheiro, uma consistência, uma temperatura, um grau de suavidade ou de aspereza, uma comestibilidade. Há mãos que devoramos como a asa de um pássaro; outras ficam engasgadas na garganta como um eterno suplício. E o que dizer do braço, do ombro, do seio, da coxa, da...? Apollinaire fala das Sete Portas do corpo de uma mulher. Apreciação arbitrária. O corpo de uma mulher não tem portas, como o mar.

6

Em muitos casos, a loucura não consiste na ausência da razão, e sim em querer levar a razão que se tem às últimas consequências: é o caso, como li em um conto, do homem que tenta classificar a humanidade de acordo com os mais variados critérios (negros e brancos, negros altos e brancos baixos, negros altos magros e brancos baixos gordos, negros altos magros solteiros e brancos baixos gordos casados etc.), encontrando-se assim na necessidade de formular uma série infinita; é também o caso de um homem que veio até a Agência para propor algo aparentemente muito sensato: reunir os grandes chefes de Estado, o papa, o secretário-geral da ONU etc., em torno de uma paella universal na qual seriam resolvidos amigavelmente os problemas mundiais; e daquele outro que veio para nos informar que havia apresentado uma demanda judicial contra a União Soviética para que ela devolvesse à Espanha o ouro que levou durante a República. Sua argumentação do ponto de vista histórico e jurídico era inatacável, mas, posta em prática, seria um ato de demente. O que diferencia esse tipo de loucura da sensatez não é tanto o caráter irracional da ideia, e sim o fato de esta conter em si sua própria impossibilidade. Os loucos desta natureza são loucos porque isolaram completamente sua preocupação do contexto que os rodeia e portanto não têm em conta todos os elementos de uma situação ou, como se diz, todos os imponderáveis de um problema. É por isso que esta forma de loucura tem tantas semelhanças com a genialidade. Os gênios são estes loucos, com uma qualidade a mais: a de encontrar a solução de um problema passando por cima das dificuldades intermediárias.

7

Lugares tão banais como a Chefatura de Polícia ou o Ministério do Trabalho são atualmente os templos délficos onde se decide nosso destino. Porteiros, contínuos, velhas funcionárias de permanente e meia-luva são os pequenos deuses aos quais estamos irremediavelmente submetidos. Deuses barnabés e picaretas, extraviam para sempre algum documento nosso, e junto com ele nossa sorte, ou bloqueiam nosso acesso a uma repartição que era a única na qual podíamos nos redimir de alguma infração. Os desígnios desses deusinhos burocráticos são tão impenetráveis como os dos deuses antigos e, como estes, distribuem a felicidade e a dor, sem que possamos recorrer da decisão. A empregada dos Correios que se recusa a me entregar uma carta registrada porque o remetente ortografou mal uma letra do meu sobrenome é tão terrível como Minerva desarmando um soldado troiano para deixá-lo indefeso nas mãos de um grego. Os velhos deuses, depois de mortos pela razão, renasceram multiplicados nas divindades mesquinhas das repartições públicas. Em seus guichês gradeados, parecem que estão em altares de araque, esperando que venhamos venerá-los.

8

Calvo, obeso, majestoso, com seus modos piedosos, o faxineiro da Agência sempre me dá a impressão de um bispo que, por causa de alguma injustiça, foi despojado de suas vestes sagradas. Quando o vejo andando de macacão pelos corredores, com seu ar recolhido, sorridente e benévolo, imagino como ele ficaria bem celebrando uma missa ou presidindo uma cerimônia de canonização. Fala sozinho, cumprimenta subservientemente todo mundo, é um demente pacífico. Ele era um redator que, numa crise de loucura erótica, tentou muitos anos atrás violar uma secretária em um elevador. Não foi mandado embora da empresa, mas quando saiu do sanatório, desmemoriado e aparentemente feliz, o rebaixaram ao cargo de faxineiro.

9

Podemos memorizar muitas coisas, imagens, melodias, noções, argumentações ou poemas, mas há duas coisas que não podemos memorizar: a dor e o prazer. Podemos no máximo ter a lembrança dessas sensações, mas não as sensações da lembrança. Se fosse possível reviver o prazer proporcionado por uma mulher ou a dor causada por uma doença, nossa vida se tornaria impossível. No primeiro caso, se transformaria em uma repetição, no segundo, em uma tortura. Como somos imperfeitos, nossa memória é imperfeita e só nos restitui aquilo que não pode nos destruir.

10

Olhando o gato do restaurante: a maravilhosa elegância com que os animais expõem sua nudez. Faz tempo que constatei isso nos cachorros, nos cavalos. Não há nos animais nada de ridículo nem de desagradável. Se alguma vez suas posições e seus atos nos incomodam, é por sua semelhança com os atos ou posições humanas: por exemplo, quando os animais fazem amor.

11

A vida se compraz às vezes em nos oferecer compêndios alegóricos da realidade, ou melhor, citações magnificamente escolhidas do grande texto da história que vivemos. Nos corredores do metrô, no dia primeiro de maio, milhares de operários endomingados, jovens e velhos, com suas famílias, se espalham alegres, despreocupados, em direção à Feira de Paris, ao Campo de Marte ou ao Bois de Boulogne, cada um com seu ramalhete de *muguet* nas mãos. Estão felizes, almoçaram bem, é seu feriado, sua festa. Sentados no chão de um corredor, dois estudantes hirsutos e barbudos, com seus violões, cantam uma ária marcial e revolucionária, da qual só consegui entender de passagem esta estrofe: "Operários, levantem suas barricadas." Os proletários que passam, sem se deter, lançam sobre eles um olhar de reprovação, sentem-se chocados, quase ofendidos. Nada mais fora de lugar que esses moçoilos que falam de barricadas, lutas e conflitos em um dia de diversão em meio a tantos dias de trabalho. A presença desses estudantes, sua atitude, seu propósito, são tão vãos e ilusórios como o dessas mulheres do Exército da Salvação que ficam plantadas na porta dos bordéis tentando catequizar os clientes.

12

A história é um jogo cujas regras se perderam. Filósofos, antropólogos, sociólogos e políticos estão à procura delas, cada um por sua conta, de acordo com seus interesses ou seus temperamentos. Mas só encontram fragmentos delas. A tentativa mais coerente de resgatar os princípios deste jogo é provavelmente o marxismo. Mas não é a única, nem a definitiva. Ela será completada, corrigida, até mesmo refutada, mas terá cumprido uma função de esclarecimento. Enquanto não surgir outra explicação, teremos que aceitá-la, pragmaticamente. O mais terrível seria que, depois de tantas buscas, chegue-se à conclusão de que a história é um jogo sem regras ou, o que seria pior, um jogo cujas regras são inventadas à medida que jogamos e que, no fim das contas, são impostas pelo vencedor.

13

Dentro de nós há uma espécie de serviço meteorológico que emite a cada manhã seu boletim sentimental: estaremos contentes, sofreremos, raiva ao meio-dia etc. E avançamos rumo a essa previsão, temerosos ou confiantes. Serviço traiçoeiro, tão volúvel como o que faz profecias sobre o clima: a tarde da qual esperávamos tanta alegria se cobre de repente de uma insuportável tristeza. Mas, por outro lado, como essa noite de prognóstico lúgubre se ilumina com o sorriso da desconhecida.

14

A existência de um grande escritor é um milagre, o resultado de tantas convergências fortuitas como as que confluem para a eclosão de uma dessas belezas universais que fazem sonhar toda uma geração. Para cada grande escritor, quantas cópias ruins a natureza tem que testar! Quantos Joyces, Kafkas, Célines *flous*, velados ou superexpostos devem ter existido! Uns morreram jovens, outros mudaram de ofício, outros se dedicaram à bebida, outros ficaram loucos, outros não tiveram um ou dois dos requisitos que os grandes artistas têm que apresentar para elevar-se acima do nível da subliteratura. Falta de formação, doenças, preguiça, carência de estímulos, impaciência, angústias econômicas, ausência de ambição ou de tenacidade ou simplesmente de sorte, são como o bilhete de loteria promissor ao qual só falta o número final para conseguir o prêmio na rifa da glória. E alguns provavelmente reuniram todas essas qualidades, mas faltou a circunstância aleatória, a aparentemente insignificante (a leitura de um livro, a relação com um amigo) capaz de servir de reativo ao composto quimicamente perfeito e dar-lhe sua verdadeira coloração. Assim, de vez em quando vejo no metrô uma mulher e penso: "Ela poderia ser a Brigitte Bardot, pena que lhe faltam trinta centímetros de altura" ou "Essa loura é a cara da Marilyn Monroe, mas as pernas dela parecem dois pedaços de pau." Elas também são as amostras defeituosas do modelo original, a mercadoria avariada, que é vendida no atacado.

15

Esperando alguém na entrada do metrô, vejo entrar e sair centenas de moças – trabalhadoras, estudantes etc. – e me dou conta nesse instante de uma das funções da moda. Seguir a moda é renunciar aos atributos individuais para adotar os de um grupo ou, em outras palavras, deixar de ser uma pessoa para se transformar em um tipo. As insígnias de indumentária escolhidas pelas mulheres que estão na moda – nesse caso, calças muito largas, casacos de pele, botas de salto alto – produzem uma ilusão no espectador: confundir a cópia com o modelo. Quanto mais perfeita for a imitação, mais fácil será a ilusão. Por isso a moda não é nada além de uma fantasia coletiva adotada a cada temporada de acordo com certos padrões de beleza impostos pelos estilistas. O curioso da moda é que as mulheres que a seguem querem ser olhadas, mas terminam se uniformizando, correndo o risco de passarem despercebidas. Despercebidas? Talvez como unidades de uma família, mas não como família. Pois a ambiguidade da moda reside em que oculta por um lado, mas exibe por outro. Oculta as mulheres, mas exibe a mulher.

16

Como uma mulher anima uma casa. Com ela ausente, as coisas definham. Tudo murcha e se cobre de poeira. No vaso de flores um galho seco, a cômoda cheia de sujeirinhas, a lâmpada do abajur queimada, a roupa encardida. A mulher mantém um diálogo assíduo com as coisas da casa. As coisas são dela, ela é possessiva, e mima-as e lhes faz carinhos. Coloca-as em seu lugar, lhes dá polimento e as embeleza. Depositária dos objetos domésticos, tem para cada qual uma palavra, uma paixão. Ela, só ela, sabe onde está a tesoura, o barbante, o caderno que buscamos em vão. Habita as coisas, e as coisas a habitam. Sensível ao pequeno, descobre a mancha no tapete, as cinzas na mesa. Nós, desdenhosos, distantes, adquirimos as coisas, mas depois as deixamos viver indiferentes e as vemos perecer sem pesar.

17

Os nomes mudam, mas as instituições se perpetuam. Esses hoteizinhos caindo aos pedaços de ruas como a Rue Princesse ou a Rue des Orteaux, onde se alojam os peões que vêm do Mediterrâneo, não são outra coisa senão a versão moderna das masmorras romanas. Não encontro praticamente nenhuma diferença entre um pedreiro argelino ou português e um escravo da época de Diocleciano. Nesses hoteizinhos os peões estrangeiros se instalam para sempre e só saem para seu trabalho todos os dias, ou um dia, o último, rumo ao cemitério. São estranhos esses hoteizinhos, geralmente explorados por um compatriota dos inquilinos. No térreo fica o bar-restaurante e o quadro com as chaves, e em seus quatro ou cinco andares as celas onde os operários dormem amontoados em beliches. O local lhes oferece de tudo: bebida, comida, camas, televisão, mesas para jogar cartas ou dominó. O que ganham na fábrica gastam no hotel. Inútil dizer que, ao contrário dos escravos, eles são livres. Não lhes resta nem sequer a esperança da alforria.

18

O xadrez é como o amor venal, no qual um casal se reúne não por afinidade nem por simpatia, e sim porque precisam um do outro para obter de sua conjunção algum benefício. Não cumprimento o alemão fascista da Agência nem troco uma palavra com ele a semana toda, mas basta chegar o domingo para que, nas horas livres, joguemos uma partida. É um acordo tácito, que não é precedido por nenhum convite verbal. Basta que ele monte o tabuleiro para que eu me aproxime de sua mesa e a partida comece. Partida silenciosa, sem conversa. Uma vez terminada, seja qual for o ganhador, cada qual se reincorpora ao seu trabalho e se esquece completamente do outro, durante dias, mesmo que o encontre no elevador ou no café da esquina. Até o próximo domingo.

19

Assim como eu, meu filho tem suas autoridades, suas fontes, suas referências às quais recorre quando quer sustentar uma afirmação ou uma ideia. Mas se as minhas são os filósofos, os romancistas ou os poetas, as do meu filho são os vinte álbuns de aventuras do Tintim. Neles, tudo está explicado. Se falamos de aviões, animais, viagens interplanetárias, países distantes ou tesouros, ele tem à mão a citação precisa, o texto irrefutável que vem em socorro de suas opiniões. Isso é que se chama ter uma visão do mundo, que talvez seja falsa, mas é coerente e muitíssimo mais sólida que a minha, pois está inspirada em um só livro sagrado, sobre o qual ainda não caiu a maldição da dúvida. Só tempos mais tarde ele se dará conta de que essas explicações tão simples não casam com a realidade e que é necessário buscar outras, mais sofisticadas. Mas essa primeira versão terá sido útil a ele, como a placenta, para se proteger das contaminações do mundo ao redor e se desenvolver com essa margem de segurança requerida por seres tão frágeis. A primeira rachadura no seu universo gráfico colorido será o sinal da perda de sua inocência e de seu ingresso no mundo individual dos adultos, depois de ter habitado o mundo genérico da infância, do mesmo modo que em sua cara aparecerão os traços de seus ancestrais, depois de ter ostentado a máscara da espécie. Então terá que perscrutar, indagar, apelar a filósofos, romancistas ou poetas para devolver a seu mundo harmonia, ordem, sentido, e inutilmente, ainda por cima.

20

Habituados à cidade, ignoramos, homens desta época, todas as formas da natureza. Somos incapazes de reconhecer uma árvore, uma planta, uma flor. Nossos avós, por mais pobres que fossem, tiveram sempre um jardim ou uma horta e aprenderam sem esforço os nomes da vegetação. Agora, nos apartamentos ou hotéis, só vemos flores pintadas, naturezas-mortas ou essas raquíticas plantas em vasinhos, que parecem que foram plantadas por cabeleireiros.

21

Como é fácil confundir cultura com erudição. A cultura, na realidade, não depende da acumulação de conhecimentos, mesmo que seja em várias áreas, e sim do modo como estes conhecimentos são organizados em nossa memória e da presença desses conhecimentos no nosso comportamento. Os conhecimentos de um homem culto podem não ser muito numerosos, mas são harmônicos, coerentes e, sobretudo, estão relacionados entre si. No erudito, os conhecimentos parecem estar armazenados em tabiques separados. No homem culto, são distribuídos de acordo com uma ordem interior, que permite seu intercâmbio e sua frutificação. Suas leituras, suas experiências se encontram em fermentação e engendram continuamente novas riquezas: é como o homem que abre uma conta com juros. O erudito, como o avarento, guarda seu patrimônio dentro de uma meia, onde só há espaço para o bolor e a repetição. No primeiro caso, o conhecimento engendra conhecimento. No segundo, o conhecimento se amontoa sobre o conhecimento. Um homem que conhece a dedo todo o teatro de Beaumarchais é um erudito, mas culto é aquele que, tendo lido apenas *As bodas de Fígaro,* percebe a relação que existe entre essa obra e a Revolução Francesa, ou entre seu autor e os intelectuais de nossa época. Por isso mesmo, o integrante de uma tribo primitiva que domina o mundo em dez noções básicas é mais culto que o especialista em arte sacra bizantina que não sabe fritar um ovo.

22

Há amores terríveis que ultrajam, na realidade, a nobre reputação deste sentimento e o despojam de toda a sua auréola romântica. Por exemplo, o amor que existe entre um dos chefes da Agência e uma de suas secretárias. O chefe é viscoso, moluscoide, balofo, cinquentão e medíocre. A secretária, uma gorda desbotada, mastodôntica, com os dentes fora das gengivas e um nariz tão comprido que é uma infração permanente às leis da cortesia. Uma dessas mulheres, em suma, que, como alguém dizia, "poriam em perigo a continuidade da espécie se a gente estivesse a sós com elas no mundo". E o pior de tudo é que ambos são casados; por consequência, dá para imaginar que sórdida catástrofe deve ser o matrimônio de cada um, para estarem buscando fora dele esta compensação abominável. Quando os surpreendo no escritório trocando sinais conspiratórios, fazendo brincadeiras ou então se olhando de longe com cara de bobos, fico envergonhado por mim, pela minha espécie. E quando imagino que estes amores devem se consumar em segredo, adulteramente, em quartos de hotel, em sabe Deus que camas de aluguel, e evoco seus corpos enroscados, sinto a tentação de me jogar pela janela, presa de uma loucura incurável.

23

Os anos nos afastam da infância sem levar-nos necessariamente à maturidade. Um dos poucos méritos que admito em um autor como Gombrowicz é ter insistido, até o grotesco, no destino imaturo do homem. A maturidade é uma impostura inventada pelos adultos para justificar suas infâmias e proporcionar uma base legal para sua autoridade. O espetáculo oferecido pela história antiga e atual é sempre o espetáculo de um jogo cruel, irracional, imprevisível, ininterrupto. É falso, portanto, dizer que as crianças imitam as brincadeiras dos adultos: são os grandes que plagiam, repetem e amplificam, em escala planetária, as brincadeiras das crianças.

24

Como os objetos circulam até encontrarem em uma casa o lugar que lhes convêm! Nos poucos anos em que vivemos na Place Falguière, cadeiras, luminárias, quadros, estantes foram protagonistas de um cansativo périplo, que os levou de aposento em aposento e de canto em canto. Alguns, é verdade, se adaptam com facilidade e terminam vivendo pacificamente com seus vizinhos. Outros, os insociáveis, os banidos, não encontram posição nem lugar e transitam sem descanso de um espaço a outro, sem criar laços em lugar nenhum. Bem ou mal, terminam às vezes aceitando a contragosto uma esquina e levando ali uma vida que adivinho plena de incômodos e de ressentimento. Mas há também os irrecuperáveis, aqueles que não transigem com nada e que, como castigo por seu espírito subversivo, são confinados no fundo de uma gaveta ou na escuridão de um porão. Objetos terríveis, condenados, que devem estar tramando em silêncio alguma vingança atroz.

25

Um autor latino-americano cita quarenta e cinco autores em um artigo de oito páginas. Eis aqui alguns deles: Homero, Platão, Sócrates, Aristóteles, Heráclito, Pascal, Voltaire, William Blake, John Donne, Shakespeare, Bach, Tchekhov, Tolstoi, Kierkegaard, Kafka, Marx, Engels, Freud, Jung, Husserl, Einstein, Nietzsche, Hegel, Cervantes, Malraux, Camus etc. Na minha opinião, a maioria dessas citações era desnecessária. A cultura não é um depósito de autores lidos, e sim uma forma de raciocinar. Um homem culto que cita muito é um ignorante.

26

Os dois faxineiros franceses da estação do metrô, com seus macacões azuis, falando em gíria, ou melhor, grunhindo sobre seu trabalho. Em que a Revolução Francesa os beneficiou? O degrau mais baixo na hierarquia dos ferroviários. Inútil perguntar-lhes o que opinam sobre a Guerra do Vietnã ou sobre a energia nuclear. São justamente os tipos que fazem fracassar as pesquisas de opinião pública. Culpa deles? Culpa do sistema? Suspeito que a Revolução Francesa, qualquer revolução, não soluciona os problemas sociais e sim os transfere de um grupo a outro, ou melhor, os transmite a um grupo que nem sempre é minoritário. Essa transferência não se produz necessariamente no momento da revolução, mas pode ser adiada durante anos ou décadas. É verdade que 1789 produziu a burguesia mais inteligente do mundo, mas ao mesmo tempo milhares de salsicheiros, de zeladores e de faxineiros de metrô.

27

Por que será que existem aposentos que estrangulam, em quem vive neles, toda tentativa de criação? Este que tenho agora na Avenue des Gobelins é a sepultura da criatividade: estreitíssimo, comprido, escuro, ameaçado pelo barulho dos carros que passam. Não se trata, contudo, de um quartinho miserável, e sim de um cômodo onde se vê com demasiada evidência a mão sovina do previdente e insuportável senhorio parisiense. É o que se pode chamar de um quarto mesquinho. Não há a possibilidade de deixar correr a água no lavabo, nem de ligar um toca-discos, porque os fusíveis estouram. Não há uma prateleira para colocar livros, nem um esconderijo onde sepultar a maleta para evitarmos a impressão de que somos eternos viajantes. Pelo contrário, toda a configuração do aposento parece estar destinada a nos lembrar que somos passageiros, que não temos a mais remota esperança de estabilidade e que devemos eliminar de nossa imaginação o projeto de estabelecer aqui nosso domicílio. Se os quartos falassem, este diria: "Estrangeiro, vou deixar você dormir, mas vá embora o mais rápido possível e não deixe a menor lembrança de sua pessoa."

28

Com que irresponsabilidade as pessoas vivem! Ao olhar pela janela, vejo um homem que atravessa a rua com um pão, uma moça levando um cachorrinho, um velho carregando um pacote, um pedestre que depois de hesitar escolhe um itinerário, um casal de jovens abraçados, um piloto ao volante de um automóvel veloz. Despreocupados, indiferentes, dedicam-se a suas ocupações, suas rotinas, seus erros, seus deleites ou seus vícios. Será que ignoram que não estão pisando em terreno seguro, que vivemos em permanente toque de recolher, que a cada esquina nos espera o invencível? Com certeza não meditaram sobre a frase de *La Celestina*: "A morte nos segue e nos rodeia, e rumo à sua bandeira nos aproximamos, naturalmente."

29

A luz não é o meio mais adequado para ver as coisas, e sim para ver certas coisas. Agora que está nublado, vi da sacada mais detalhes na paisagem do que nos dias de sol. Estes ressaltam certos objetos em detrimento de outros, que são deixados na sombra. A meia-luz do dia nublado deixa todos no mesmo plano e resgata da penumbra os esquecidos. Assim, certas inteligências medianas veem o mundo com maior precisão e com maiores matizes do que as inteligências luminosas, que só veem o essencial.

30

A chegada de uma criança a um lar é como a irrupção dos bárbaros no antigo Império Romano. Meu filho destruiu, em vinte meses de vida, todos os símbolos exteriores e pomposos da nossa cultura doméstica: a estatueta de porcelana que herdei de meu pai, reproduções de esculturas famosas, cinzeiros raros furtados com tanta astúcia em restaurantes, taças de cristal trazidas da Polônia, livros com lindas gravuras, o toca-discos portátil etc. O menino se sente diante desses objetos, cuja utilidade desconhece, como o bárbaro diante dos produtos enigmáticos de uma civilização que não é a sua. E como, apesar de sua ignorância e seu despotismo, ele representa a força, a sobrevivência, ou seja, o porvir, ele os destrói. Destrói os símbolos de uma cultura que para ele já está caduca, porque sabe que poderá substituí-los, já que ele encarna, potencialmente, uma nova cultura.

31

Não se deve exigir das pessoas mais de uma qualidade ao mesmo tempo. Se nelas encontramos alguma qualidade, devemos nos sentir já agradecidos e julgá-las somente por essa, e não pelas que faltam. É vão exigir que uma pessoa seja ao mesmo tempo simpática e generosa, ou que seja inteligente e alegre, ou que seja culta e asseada, ou que seja bela e leal. Tomemos dela aquilo que ela pode nos dar. Que sua qualidade seja a via privilegiada através da qual nos comunicamos e nos enriquecemos com ela.

32

No rosto dos cegos de nascença há sempre algum outro traço, além dos seus olhos estragados, nebulosos, viscosos ou simplesmente inertes ou fechados, que indica sua cegueira. A boca, o nariz, os músculos faciais adquirem certa expressão particular que já anuncia uma "expressão de cego". Pode-se dizer que estes traços, desconhecidos ou incontroláveis por quem os carrega, seguem suas inclinações naturais e se deformam ou amolecem. Para o cego, não existe o espelho, que permite aos que têm visão normal corrigirem sua expressão a tempo e apresentarem um semblante adequado. A expressão dos cegos é livre, a mais natural que pode existir. Lembra um pouco a expressão das pessoas que estão dormindo. Parece que o rosto se organiza em torno do olhar e, quando este desaparece, o rosto fica desfigurado.

33

Quem pode dar testemunho das conversas que os amantes têm quando estão dormindo? Mesmo depois que apagam a luz e se abandonam aos sonhos, algo neles permanece vigilante. Não seu espírito, nem sua consciência, e sim sua ternura. Diálogos noturnos, feitos de frases quebradas, de palavras extravagantes que eles não escutam, e no entanto obedecem. Assim, ao despertarem, eles se lembram às vezes de algo parecido com uma outra vida, de alguém que se revezou com eles durante seu descanso e se manteve atento, e até relembram fragmentos de um discurso que, quando estão lúcidos, não entendem e lhes faz rir.

34

Observando crianças que brincam no parquinho da Rue de la Procession. Sua idade oscila entre um e três anos. Nesta idade elas se juntam, mas não se comunicam. Interessa-lhes a proximidade e a diversão, mas não o contato direto.

Cada um, no fundo, continua tão sozinho como no quarto de sua casa, só que refratados em múltiplos espelhos. Chegam inclusive a tocar as mãos uns dos outros, a trocar seus baldes trocáveis, mas praticamente sem falar, sem dar nada de si nem dizer nada, além de um objeto como o balde, que, neste caso, é um objeto neutro. E nos bancos do jardim, em volta da caixa de areia, os velhos. Sozinhos também. Veem-se sobretudo aposentados e entrevados, de bengala e boina, calados, olhando sem ver o filme de sua infância que brinca a seus pés e tenta agarrá-los, ao menos pelas lembranças, à vida. Só é possível tirar uma conclusão: a solidão das crianças prefigura a dos velhos. Os parquinhos como o da Rue de la Procession foram feitos para ambos. Que se reúnam o cabo e o rabo. Assim brincam as crianças, sozinhas. Assim tomam sol os velhos, sozinhos. Entre ambas as idades, o interregno povoado pelo amor ou a amizade, a única coisa agradável, suportável, entre dois extremos de abandono.

35

As palavras que os amantes dizem um ao outro durante seu primeiro orgasmo são as que presidirão toda a sua comunicação sexual. São momentos de absoluta improvisação, nos quais os amantes se rebatizam um ao outro, ou rebatizam as partes de seu corpo. Os novos nomes regressarão sempre durante o ato, para constituir o códice que utilizarão na cama. Estas palavras são inocentes e muitas vezes poéticas em relação ao que designam. Às vezes, são também disparatadas. Ninguém está livre de chamar sua mulher, na primeira noite, de "Alcachofra". E se ferrou, porque a partir daí, ao possuí-la, terá sempre que chamá-la de "Alcachofra". No dia em que não fizer isso, é porque já não a ama mais.

36

Dentro de alguns anos alcançarei a idade de meu pai e, alguns anos depois, ultrapassarei sua idade, ou seja, serei mais velho que ele e, mais tarde ainda, poderei considerá-lo meu filho. Em geral, todo filho termina alcançando ou ultrapassando a idade de seu pai, e então se transforma no pai de seu pai. Só assim poderá então julgá-lo com a indulgência trazida pelo fato de "ser mais velho", compreendê-lo melhor e perdoar todos os seus defeitos. Só assim, além disso, se alcança a verdadeira maioridade, a que extirpa toda opressão, mesmo que seja imaginária, a que concede a liberdade total.

37

Um editor francês, percebendo que a venda dos clássicos decaiu, decide lançar uma nova coleção, na qual os prólogos não serão encomendados a eruditos desconhecidos e sim a estrelas da atualidade. Assim, Brigitte Bardot fará o prefácio de Baudelaire, o ciclista Raymond Poulidor o de Proust, e o ator Jean-Paul Belmondo, que antes foi boxeador, o de Rimbaud. Belmondo começa seu preâmbulo com estas palavras: "Cada vez que leio um poema de Rimbaud, sinto uma espécie de soco no queixo." A venda é certa.

38

O jogo da Bolsa de Valores deve ser uma ocupação melancólica. A julgar ao menos pelas centenas de corretores que diariamente vejo nos cafés que rodeiam a Place de la Bourse. Sozinhos ou em grupo, esses enigmáticos senhores saem pontualmente às duas e meia da tarde pelas escadarias de seu templo neoclássico. Que classe de gente é essa? Vestem-se todos com decoro, mas não se pode dizer que são elegantes. Sua idade oscila entre trinta e sessenta anos. Não são muito loquazes nem comunicativos, exceto entre eles, quando formam seu pequeno clã. É gente um tanto preocupada, que sabe esperar. Lembram um pouco os jogadores de loteria. Têm a mesma resignação e, no fundo, a mesma tenaz esperança. Talvez sua ocupação seja tão vã, tão romântica como a literatura. Evidentemente, eles não estão *dans le coup*. Alguém os manobra, está acima de suas previsões, alguma espécie de divindade das finanças cujas intenções eles tentam penetrar. Eles vêm diariamente ao templo com a segurança de haver surpreendido algum desígnio do Olimpo, mas em geral estão enganados. Pretendem ser ricos? Será que são de fato? Que maneira melhor de sê-lo, em lugar de montar um negócio, que estar lá onde o negócio se reduz a sua expressão mais abstrata, como um painel com cotações? Por isso o ofício deles tem também algo de religioso, de esotérico, e é exercido só pelos iniciados. São uma espécie de fiéis – não os sacerdotes, que permanecem ocultos – da grande missa cotidiana do capitalismo universal.

39

Cada amigo é dono de uma gaveta escondida de nosso ser, do qual só ele tem a chave, e quando o amigo se vai, a gaveta fica fechada para sempre. Afastar-se dos amigos é, portanto, enclausurar parte do nosso ser. Eu teria sido diferente se tivesse continuado a frequentar certos amigos de juventude. Mas as circunstâncias nos separaram e continuamos viajando, cada um por sua conta e, por isso mesmo, mutilados. Essa é a razão pela qual, a partir de certa idade, é difícil fazer novos amigos. Todas as facetas que nossa personalidade oferecia já foram tomadas, ocupadas, seladas pelas velhas alianças. Não há superfície livre onde a amizade possa se enraizar. Exceto se o novo amigo se parecer muito com o anterior, e tomar partido dessa semelhança para se infiltrar no recinto secreto da primeira amizade. Mas, por mais afeto que nasça daí, ele sempre será o imitador, o falsário, o que não terá acesso jamais à câmara mais preciosa. Câmara irrisória, certamente, que talvez não guarde mais do que um montinho de pedregulhos, mas que os olhos do amigo, do primeiro, transformavam naquilo que ele queria ver: o insubstituível.

40

É preciso proporcionar a cada criança uma casa. Um lugar que, mesmo perdido, possa mais tarde servir-lhe de refúgio e que ela possa percorrer com a imaginação em busca de seu quarto, suas brincadeiras, seus fantasmas. Uma casa: mesmo que seja largada, destruída, perdida, vendida, abandonada. Mas é preciso dá-la à criança porque não esquecerá nada dela, nada será desperdício, sua memória conservará a cor de suas paredes, o ar de suas janelas, as manchas do forro e até "a figura escondida nas veias do mármore da lareira". Tudo para ela será guardado como um tesouro. O que acontecer mais tarde, não importa. A gente se acostuma a ser transeunte e a casa se converte em um albergue. Mas para a criança a casa é seu mundo, é o mundo. A criança sem casa se sente estrangeira. Em casas de passagem, de passeio, de passar, de passageiro, que não deixarão nela mais que imagens evanescentes de móveis ignóbeis e paredes insensatas. Onde ela buscará sua infância, em meio a tantas andanças e tantos extravios? A casa, por outro lado, a verdadeira, é o lugar onde a gente vive e se transforma, nos domínios da tentação, do sonho, da fantasia, da depredação, da descoberta e do deslumbramento. Aquilo que viremos a ser está ali, em sua configuração e seus objetos. Nada no mundo aberto e andarilho poderá substituir o espaço fechado de nossa infância, onde algo aconteceu que nos fez diferentes e que ainda perdura, e que podemos resgatar quando nos lembramos daquele lugar de nossa casa.

41

O pequeno comerciante francês se identifica tanto com seu negócio que, quando sai dele, perde sua personalidade. Quantas vezes cruzei no meu bairro com homens ou mulheres conhecidos, mas não poderia afirmar se são o açougueiro, o salsicheiro, a verdureira ou a quitandeira. Só quando os vejo dentro de sua moldura habitual, esquartejando uma vaca, vendendo batatas ou servindo vinho, consigo reconhecê-los. É como se eles só existissem em função dos objetos que manipulam e dentro do contexto de uma determinada atividade. Esta atividade os individualiza, concede-lhes uma essência. Fora dela, eles se tornam entes impessoais, anônimos, sujeitos de uma oração incompleta, à qual não sabemos que complemento colocar.

42

A perdição dos homens não é tanto seus grandes vícios, mas sim seus pequenos defeitos. Pode-se conviver muito bem com a preguiça, com o esbanjamento, o tabaco ou a luxúria, mas por outro lado como são nocivos as negligências ou os ínfimos descuidos. Parece que a vida, como certas sociedades, tolera os grandes crimes, mas castiga implacavelmente as pequenas faltas. Um banqueiro pode muito bem roubar o fisco ou traficar armas, mas Deus o livre de furar um sinal vermelho.

43

O empregado da Agência que volta a trabalhar depois de quatro meses de ausência por doença. Era um homem alto, corpulento, ligeiramente barrigudo, com uma cabeleira prateada e um cigarro eterno soltando fumaça em seus lábios carnudos. O que voltou dele é um resumo, um esboço desastrado de seu antigo ser, a ponto de que, quando olhamos para ele, não conseguimos reconhecê-lo. O que sobrou dele? Provavelmente nem ele mesmo sabe, pois, quando voltamos a olhar para ele e por fim o identificamos, ele nos olha com um olhar ansioso e triste, como se o fizesse das profundezas de uma masmorra. Enclausurado em sua nova fisionomia, pede, quase implora, que o reconheçam e o resgatem dela com um cumprimento. A doença o retalhou, recortou, humilhou, afundou, curvou, tosou, aterrorizou, transformou-o em outro homem que tem provavelmente o mesmo registro civil e conserva sua memória, mas que já não é o mesmo gordo rubicundo e fumante, e sim o espectro de sua própria velhice, que chegou até nós antecipadamente através de um desvio implacável: o da doença grave. Seu rosto tem a expressão do homem que acaba de escapar de um terrível acidente, de um naufrágio, no qual a morte teve tempo de lhe imprimir sua marca de propriedade.

44

Projetar slides coloridos dos grandes mestres: Rembrandt, Velásquez, Leonardo etc. Depois, projetar só detalhes dos quadros, por exemplo um fundo rochoso, o brocado de uma cortina, os desenhos de um tapete ou simplesmente um rosto em primeiro plano. Esses detalhes já são pintura moderna, seja impressionista, cubista ou não figurativa. É como se nos quadros dos grandes mestres estivesse contida potencialmente toda a pintura moderna; como se em algumas páginas de Rabelais ou de Cervantes, toda a arte literária de nossos dias. Dessa perspectiva, a arte chamada moderna não seria outra coisa que um detalhe ampliado da arte antiga ou um "olhar mais de perto" a realidade. Simples questão de distância.

45

Na Rue Gay Lussac cruzo com o colombiano que viajou no meu camarote quando regressei ao Peru em 1958, a bordo do *Marco Polo*. Naquela ocasião fomos muito amigos, vivíamos fechados em um espaço pequeno, líamos, fumávamos e bebíamos juntos. Agora, seis anos mais tarde, nos cruzamos como dois desconhecidos, sem ânimo de parar para apertar a mão. Não é só a fragilidade da amizade o que me surpreende, e sim a coincidência de termos nos encontrado em Paris, de estarmos outra vez os dois, mesmo que só por alguns segundos, ocupando um espaço reduzido. O infinito encadeamento de circunstâncias favoráveis para que esse encontro aconteça. Desde que nos despedimos em Cartagena em 1958 até um momento atrás na Rue Gay Lussac, foi preciso que todos os atos da sua e da minha vida fossem dirigidos, regulados com uma precisão sobre-humana para que ele e eu coincidíssemos na mesma calçada. Qualquer pequena falha que tivesse acontecido ontem, há uma semana ou há um ano teria impedido este encontro. Na vida, na realidade, não fazemos nada além de cruzar com as pessoas. Com algumas conversamos cinco minutos, com outras andamos até a próxima estação, com outras vivemos dois ou três anos, com outras moramos juntos dez ou vinte anos. Mas, no fundo, o que fazemos é só cruzar (o tempo não interessa), cruzar e sempre por acaso. E sempre acabamos nos separando.

46

O mundo não foi feito para as crianças. Por isso, seu contato com ele é sempre doloroso, muitas vezes catastrófico. Se agarra uma faca se corta, se sobe em uma cadeira cai, se sai à rua um automóvel a atropela. É curioso que em tantos milhares de anos de civilização praticamente nada tenha sido feito para aliviar ou solucionar este conflito. É verdade que foram inventados os brinquedos, que são um mundo miniaturizado, para uso e na medida das crianças. Mas estas se cansam dos brinquedos e, por imitação, querem constantemente mexer nas coisas dos adultos. Com que decisão e espontaneidade se jogam em direção à vida adulta, que mania que elas têm de imitar os mais velhos. E, às custas da dor, acabam aprendendo. Sua condição para evoluir é justamente estar em contato permanente com o mundo adulto, o grande, o pesado, o desconhecido, o que machuca. Seria o ideal, claro, que vivessem em um mundo à parte, acolchoado, sem facas que cortam nem portas que esmagam os dedos, entre outras crianças. Mas se fosse assim, não evoluiriam. As crianças não aprendem nada umas com as outras.

47

Desde a Antiguidade até nossos dias, existe um denominador comum no homem: a crueldade. Ela não diminuiu em nossa época, mas foi delegada e se tornou quase invisível. Agora existem executores oficiais da crueldade (policiais, torturadores, tropas de choque etc.) que a canalizam e a praticam de forma regulamentada e geralmente clandestina. Antigamente, ao contrário, a violência era pública e exercida de forma mais direta: os bispos degolavam, os reis justiçavam com suas próprias mãos. Carlos III da França chega a Bruges no século XIV, vê na catedral quatro mil estribos de soldados franceses exterminados pelos flamengos na época de Felipe, o Belo, e ordena passar pelas armas todos os habitantes da cidade. Vingança monstruosa, fria, adiada por um século.

48

Meu olhar adquire em momentos privilegiados uma intolerável acuidade, e minha inteligência, uma penetração que me assusta. Tudo se transforma para mim em sinal, em presságio. As coisas deixam de ser o que parecem para se transformarem provavelmente no que são. O amigo com quem converso é um animal vestido cujas palavras mal consigo entender; a canção de Monteverdi que escuto é a soma de todas as melodias inventadas até hoje; o copo que seguro nas mãos é um objeto oferecido, através dos séculos, pelo homem da Idade da Pedra; o automóvel que atravessa a praça é o sonho de um guerreiro sumério; e até o coitado do meu gato é o mensageiro do conhecimento, da tentação e da catástrofe. Cada coisa perde sua inocência para se transformar naquilo que esconde, germina ou significa. Nestes momentos, insuportáveis, a única coisa que desejo é fechar os olhos, tapar os ouvidos, abolir o pensamento e afundar-me em um sono sem margens.

49

A surpresa, ou melhor, o pavor que me causou o funcionário da Agência que, com seu braço atrofiado, esse braço mais curto que o outro, que termina em uma mão que não é mão e sim uma espécie de toco com unhas, ameaçou o garçom do bar. Nesse momento me dei conta que a extremidade que eu considerava como seu ponto mais fraco, e devido à qual ele padecia, era seu instrumento normal de agressão.

50

O policial do metrô: bela testa, olhar nobre, nariz perfeito, expressão de sensibilidade e inteligência, que me fizeram indagar o que esse artista em potencial estava fazendo trajado com esse desprestigiado uniforme. De repente, um companheiro se aproxima dele e lhe diz algo ao ouvido. O policial começa a rir, os olhos ficam esbugalhados, o nariz se achata, o maxilar começa a se desconjuntar, sua dentadura perfeita aparece ferozmente, todos os tendões e nervos do pescoço vibram, os músculos faciais se endurecem e da boca sai um rugido atroz, desumano, como o de um javali acuado ou um touro atravessado pela espada. Sua risada o delata.

51

Leitura do quinto volume da *História da França* de Michelet. Assim como esqueço os detalhes do que estou lendo e não guardo mais do que uma impressão geral de mal-estar e de horror, além de três ou quatro historinhas curiosas, o mundo se esquece de sua própria história, não a interroga e não tira dela nenhum ensinamento. É como se a história fosse feita para ser esquecida. Que humano, a não ser um especialista, reflete agora sobre a opressão sofrida pelos judeus durante o reinado de Felipe, o Belo, ou sobre o confisco e destruição dos templários? Por isso mesmo, na história que será escrita no ano três mil, a Segunda Guerra Mundial, que tanto custou à humanidade, ocupará nada mais do que um parágrafo, e a Guerra do Vietnã uma nota ao final do volume, que muito poucos se darão ao trabalho de ler. A explicação reside em que o homem não pode fazer a história e ao mesmo tempo entendê-la, pois a vida é edificada sobre a destruição da memória.

52

Viajar em um trem no sentido do movimento, ou de costas para ele: a quantidade física de paisagem que se vê é a mesma, mas a impressão que temos dela é distinta. Quem viaja no sentido correto sente que a paisagem se projeta em sua direção, ou melhor, sente-se projetado em direção à paisagem; quem viaja de costas sente que a paisagem está fugindo, escapando de seus olhos. No primeiro caso, o viajante sabe que está se aproximando de um lugar, cuja proximidade pressente por cada nova fração de espaço que aparece; no segundo, sente que se distancia de algo. Assim, na vida, algumas pessoas parecem viajar de costas: não sabem aonde vão, ignoram o que as aguarda, tudo se esquiva delas, o mundo que os demais assimilam por um ato frontal de percepção é para elas só fuga, resíduo, perda, defecação.

53

Distância: a duzentos metros, não dá para saber se uma mulher é bela. A alguns centímetros, todas são iguais. A percepção da beleza necessita de certa margem espacial, que varia não só de acordo com o observador, mas também de acordo com o objeto observado. Lá na minha terra, dizíamos sobre algumas mulheres, utilizando uma expressão corrente: "é boa de longe", pois a certa distância parecia bonita, mas quando chegava mais perto já não era. Outras, por outro lado, são "boas de perto", mas quando se afastam notamos que são desproporcionadas, ou magras, ou têm as pernas tortas. Que distância deve servir de padrão para dar um veredito estético sobre uma pessoa? Um amigo a quem fiz esta consulta me respondeu: "A distância que dê para conversar."

54

As relações que um homem tem com sua mulher, por mais linda que seja, tornam-se com o passar do tempo tão rotineiras como as que as pessoas mantêm com sua cidade. Rotineiras no sentido que a atenção se afrouxa e a gente termina percebendo só alguns pontos de referência do objeto que está próximo. Assim como depois de morar vários anos em uma cidade já não vemos as praças, as avenidas, os monumentos, exceto quando o acaso ou a obrigação nos levam a isso (Ah, mas aqui antes havia árvores, oh, olha só que lindo portal etc.), do mesmo modo às vezes descobrimos que nossa mulher tem seios, ou lindos olhos, ou apetecíveis cadeiras. Mas são momentos esporádicos e provavelmente anormais, posto que exigem de nós um novo enfoque ou uma nova regulação no diafragma de nossa consciência, o que implica um esforço e, por essa mesma razão, encontra em nós resistência. É por este motivo que a vida conjugal, quando não há filhos nem interesses comuns nem afinidades intelectuais nem, acima de tudo, compatibilidades temperamentais ou sexuais, chega a se transformar em uma ficção, em um companheirismo às cegas, tão fantasmal como o itinerário mil vezes seguido através de uma cidade na qual somos orientados somente por nossos reflexos. A mulher compreende isso e às vezes tenta tornar-se visível com um novo penteado, um detalhe da roupa, ou um convite para que a acompanhemos ao bairro não visitado, renegado, do seu corpo. O homem também entende isso e exige às vezes uma mudança de aparência (caso patológico do travesti). Mas as fantasias também cansam e não passam disso, fantasias.

55

Ontem me lembrei subitamente das noites de Miraflores e comecei a escrever uma narrativa. Então, e só então, percebi que essas noites – duas ou três da madrugada – tinham uma música particular. Não eram silenciosas. Nessa época, quando vivíamos essas noites, dizíamos até mesmo: "Que tranquilidade! Não dá para escutar nada." Mas não era verdade. Só agora, ao me lembrar dessas noites com o propósito de descrevê-las, me dou conta dos rumores que as povoavam. Ondas batendo nos penhascos, gemidos do distante bonde noturno, latidos de cachorros nas ruínas dos antigos santuários incas e uma espécie de zumbido, de estampido persistente e afogado, como o de uma trombeta gemendo no fundo de um porão. Compreendi então que escrever, mais do que transmitir um conhecimento, é ter acesso a um conhecimento. O ato de escrever nos permite apreender uma realidade que até esse momento se apresentava de forma incompleta, velada, fugitiva ou caótica. Muitas coisas só são conhecidas ou compreendidas quando as escrevemos. Porque escrever é explorar o mundo e nós mesmos com um instrumento muito mais rigoroso que o pensamento invisível: o pensamento gráfico, visual, reversível, implacável dos signos do alfabeto.

56

Um amigo me revela negligentemente, como se não fosse nada, algo que aconteceu há anos, muitos anos, e de repente sinto dentro de mim um túnel desmoronando. Regiões inteiras do meu passado afundam, são inundadas ou transfiguradas. Isso me serve para constatar que não somos donos de nada, nem mesmo do nosso passado. Tudo o que vivemos e que tendemos a considerar como uma aquisição definitiva, imutável, é constantemente ameaçado por nosso presente, por nosso futuro. A maravilhosa história de amor, que guardávamos em um sarcófago da nossa memória e que visitávamos de quando em quando para buscar nela um pouco de orgulho, de ânimo, de calor ou amargura, pode reduzir-se a pó com a carta que encontramos em um livro velho, no dia em que mudamos a estante de lugar. Uma puta nos revela uma noite que o pai venerado, que permanecia até tarde no escritório para ganhar mais e sustentar com folga sua família, frequentava nessa mesma hora os prostíbulos mais abjetos da cidade. Por um acaso, descobrimos que o amigo adulto que admirávamos quando criança, porque era tão generoso e tão atencioso conosco, era um pederasta que espertamente nos cortejava, com o propósito de nos corromper. Mas nem tudo se deteriora nesta permanente erosão do passado. As épocas sombrias também se iluminam. Assim, a avó que odiávamos e que encheu de rancor nossa infância com sua severidade, seu mau humor, seus caprichos, era na realidade uma mulher bondosa, que sofria de um mal incurável e que distribuía folhetos de madrugada de porta em porta, para poder comprar caramelos para nós com o seu salário. Em suma, não adquirimos nada, nem paz, nem glória, nem dor, nem infelicidade. Cada instante nos transforma em outros não só porque acrescenta algo ao que somos, mas também porque determinará o que seremos. Só poderemos saber o que éramos quando nada mais puder nos afetar, quando – como dizia alguém – o quadro já estiver pendurado na parede.

57

As únicas pessoas civilizadas da praia de Albufeira são esses camponeses que às vezes descem de suas granjas onde cultivam figos e amêndoas, vestidos de negro sob o sol torrencial, com sua estranha maneira de usar o chapéu, muito caído sobre os olhos e levantado na nuca, e que ficam contemplando em silêncio, um pouco espantados, mas com altivez e indulgência e sabedoria, os turistas que, fantasiados de rãs, esfolados vivos no mormaço, embrulhados em toalhas, lubrificados com óleo como se fossem armas de fogo, de sembarcaram de veículos rodantes vindos do norte e agora divertem-se na areia, lendo *Die Welt, The Times, Le Monde* e introduzindo, sem saber, nesse espaço belíssimo, os primeiros sinais da barbárie.

58

Agora que meu filho está brincando no seu quarto e que estou escrevendo no meu, me pergunto se o ato de escrever não será a prolongação das brincadeiras da infância. Vejo que tanto eu como ele estamos concentrados no que fazemos e levamos nossas ações muito a sério, como acontece frequentemente com as brincadeiras. Não admitimos interferências e mandamos os intrusos embora imediatamente. Meu filho brinca com seus soldados, seus carros e suas torres, e eu brinco com as palavras. Ambos, com os meios de que dispomos, ocupamos nosso tempo e vivemos em um mundo imaginário, mas construído com utensílios ou fragmentos do mundo real. A diferença é que o mundo das brincadeiras infantis desaparece quando terminamos de brincar, enquanto o mundo das brincadeiras literárias do adulto, para o bem e para o mal, permanece. Por quê? Porque os materiais das nossas brincadeiras são diferentes. A criança emprega objetos, enquanto nós utilizamos símbolos. E, neste caso, o símbolo dura mais do que o objeto que representa. Abandonar a infância é precisamente substituir os objetos pelos símbolos.

59

Um touro negro à sombra de uma oliveira. Campinas de melões rampantes. Poucas videiras. Laranjeiras a perder de vista. Colinas de oliveiras. Um vagabundo que passeia perdido. Cabras sedentas. Pouca água. Pobreza. Planícies de girassóis secos. Uma velha de luto cavando a terra sob o sol. Ciganos andarilhos. Andaluzia.

60

Vinde a mim os entrevados, os anormais, os mendigos e os párias. Eles vêm naturalmente até mim sem que eu tenha necessidade de convocá-los. Basta entrar em um vagão de metrô para que em cada estação, de um em um, eles entrem sucessivamente e me cerquem até me transformarem em algo parecido ao monarca sinistro de uma corte de vagabundos. A juventude, a beleza, estão na plataforma em frente, no vagão vizinho, no trem que partiu. Em quantas bifurcações dos corredores do metrô perdi para sempre um amor.

61

Essas manhãs nulas, canceladas, nas quais escuto música sem ouvi-la, fumo sem sentir o sabor do tabaco, olho pela janela sem ver nada, perco na realidade todo contato com a realidade sem que com isso consiga ter mais contato comigo mesmo, essas manhãs, em que não estou nem no mundo nem na minha consciência, flutuo em uma espécie de terra de ninguém, um limbo onde estão ausentes as coisas e as ideias das coisas e não me deixam outro legado, essas manhãs, além do tempo que passa sem conteúdo algum.

62

Meus trabalhos e andanças me levam por acaso ao bairro de Saint-Cloud, perto da casa onde vivia uma amiga, dezesseis anos atrás. Dou voltas, indago, busco o lugar onde ela morava. Chego ao Sena e ando por um trecho do cais. A busca é vã. A antiga ponte foi substituída por uma mais moderna e para isso foi necessário derrubar a casa dela, que dava para o rio. Ali, justamente onde ficava sua cama, seu quarto com varanda sobre o rio, ergue-se o pilar da ponte, levantado sobre um bloco de cimento. Não sobrou nada. E eu que queria tão pouco, apenas olhar a janela por onde juntos, ao entardecer, víamos passar as barcaças. Ela, a milhares de quilômetros daqui, não pensa nisto, e eu, se não tivesse vindo ao velho bairro, também não pensaria. Mas o lugar, por que ele também tem que ser relegado não só ao esquecimento, mas também à destruição? Que testemunho, que marcas do passado? Os lugares onde fomos felizes também morrem.

63

Observação trivial que me deixou tão estupefato, mas tanto, que imagino que deve haver nela uma falácia imperdoável. Parti do princípio de que tenho dois pais, quatro avós, oito bisavós, dezesseis tataravós. Por que não seguir adiante? Apanhando lápis e papel, fiz a progressão. No ano de 1780 tinha 64 antepassados (calculando 30 anos por geração), no ano de 1480 tinha 65.536, no ano de 1240 tinha 16.713.216, no ano de 1060 tinha 1.069.645.824. E não continuei, porque já estava chegando ao absurdo, a uma tremenda falsidade histórica: simplesmente porque no ano de 1060 a população do mundo não chegava a dois bilhões de habitantes. Que explicação pode haver? O incesto e a poligamia podem reduzir em parte essas cifras, mas não ao extremo de anular seu montante inaceitável. Mistério. Paradoxo: cada habitante do planeta descende de todos os habitantes anteriores do planeta (pirâmide invertida), mas todos os habitantes atuais descendem de um habitante anterior do planeta e de sua companheira (pirâmide normal).

64

As aeromoças formam numerosas seitas e estão ligadas a diferentes congregações voadoras. Elas são as sacerdotisas da religião, da técnica e são, por princípio, consagradas à morte. Umas de vermelho, outras de azul, outras de amarelo, deslocam-se pelo aeroporto, cumprimentam-se, reúnem-se, dispersam-se, desaparecem, guiadas por uma voz invisível, máxima, que as entrega à Rosa dos Ventos. Quantas delas, nessa mesma manhã, lavaram seu corpo, ajustaram a meia-calça de náilon, pintaram as sobrancelhas, para, horas depois de tomarem o avião, terminarem penduradas em pedaços nas árvores de um trópico desalmado, ou estateladas para sempre nos picos mais inacessíveis.

65

Na mesma calçada deserta por onde caminho, um homem vem em minha direção, a uns cem metros de distância. A calçada é larga, de modo que há espaço de sobra para que passemos sem nos tocar. Mas, à medida que o homem se aproxima, a espécie de radar que temos dentro de todos nós começa a dar defeito, tanto o homem como eu hesitamos, ziguezagueamos, tentamos desviar um do outro, mas com tanta falta de jeito que acabamos nos precipitando em uma colisão iminente. Esta no fim das contas não acontece, pois faltando alguns centímetros conseguimos frear, cara a cara. E durante uma fração de segundo, antes de prosseguir nosso caminho, cruzamos um fulminante olhar de ódio.

66

Quanto mais conheço as mulheres, mais elas me espantam. Se não acontecer nenhuma mutação no gênero humano, estes homenzinhos que no meio das pernas, em vez do nosso penduricalho, têm um sulco, um estojo, continuarão sendo enigmáticos, caprichosos, bobos, geniais, ridículos, enfim, em uma palavra, maravilhosos. O que me atrai nelas? Ao chegar aos quarenta anos, a gente percebe que vale mais a pena conviver com as mulheres do que com os homens. Elas são leais, atentas, admiram-se facilmente, são serviçais, sacrificadas e fiéis. Não rivalizam conosco, pelo menos não no terreno em que os homens rivalizam uns com os outros: a vaidade e o amor. Com elas sabemos onde estamos pisando, ou estão conosco ou estão contra nós, mas nunca esse meio-termo, esses ciúmes, essas fricções que temos com nossos pares. Além disso, elas são as únicas que nos põem em contato direto com a vida, entendida em seu sentido mais imediato e também mais profundo: a companhia, a conjunção, o prazer, a fecundação, a prole.

67

Quem conhece minha faceta de animal noturno? Quantas vezes no meu quarto, ocupado em alguma leitura, senti penetrar pelas janelas, pelas frestas da porta, o chamado da noite. Colocar o casaco e começar a caminhar. Pequenas luzes, céus opacos ou estrelados, gente que sai lavada, penteada, em busca de prazer. Paradas nos bares, sem afobação, bebendo pausadamente uma bebida fina, olhando, pensando, sentindo operar-se em mim a transfiguração... De repente, já somos outro: uma de nossas cem personalidades mortas ou repudiadas nos ocupa. Nosso corpo a carregará, a suportará até a aurora. Depois a enterrará em uma cama de hotel de quinta categoria, em um copo derradeiro que não deveria nunca ter vindo. Rostos de mulher, belas cortesãs, beijos pagos, comédia do amor, minhas longas, minhas incontáveis noites de bebedor anônimo na Europa, me ensinaram o quê? Velha e exata metáfora de identificar a mulher com a terra, com o que é sulcado, semeado e colhido. O arado e o falo se explicam reciprocamente. Elas são em realidade o húmus onde estamos assentados, de onde viemos, para onde vamos. Fazer amor é um retorno, um impulso atávico que nos conduz à caverna original, onde se bebe a água que nos deu a vida.

68

Cada vez mais tenho a impressão de que o mundo vai ficando progressivamente menos povoado, apesar do barulho dos carros e da balbúrdia da multidão. É tão difícil hoje encontrar uma pessoa! Na rua, só cruzamos com silhuetas, com figuras, com símbolos. Um chofer de táxi, por exemplo, não é um indivíduo, e sim um tipo social: resmungão, amargo, insolente, antes de entrar no carro já sabemos do que ele vai falar, que mutretas vai inventar para tornar mais sinuosa e lucrativa a corrida. Uma vendedora de uma loja de departamentos é a mesma vendedora de todas as lojas de departamento: indiferente, desdenhosa, mal-educada, ares de grande senhora que caiu ali por acidente. E a adolescente de blue-jeans que nos aborda na calçada não é o anjo pessoal com o qual sonhamos desde nossa infância, e sim uma das milhares de cópias da transviada que tanto aqui como em Londres, São Francisco ou Hamburgo param o transeunte para pedir-lhe uma moeda destinada ao arquetípico barbudo que a espera virando a esquina, enrolando um cigarro voador. Compreendo as causas dessa degradação da personalidade nas urbes demenciais, só estou constatando seus efeitos. Mas é penoso que tenhamos que viver entre fantasmas, buscar inutilmente um sorriso, um convite, uma abertura, um gesto de generosidade ou de desinteresse e que nos vejamos forçados, definitivamente, a caminhar, cercados pela multidão, no deserto.

69

Passa uma vistosa caminhoneta amarela com este anúncio publicitário: *"Café fort décaféiné pour actifs décontractés."* Imediatamente a imagem do *actif décontracté* surge em minha mente de uma maneira nítida, incômoda, grosseiramente sensorial. Vejo neles a raça dos vitoriosos: executivos, atores de cinema, animadores de televisão, técnicos em informática ou em relações públicas etc. E descubro em seguida que, com essa gente, os frustrados, os medíocres, nunca têm contato e é por isso que, como não podem aprender com eles nem imitá-los, continuam na mediocridade e na frustração. As pessoas de sucesso só buscam e se reúnem com as pessoas de sucesso, e os fracassados com os fracassados. Por isso o fosso que separa vitoriosos e derrotados se alarga cada vez mais, como o fosso que os economistas diagnosticaram entre povos pobres e ricos. É tão estranho um milionário andar com pobretões como um artista de sucesso andar com artistas de domingo. As pessoas que triunfam formam imediatamente uma espécie de loja maçônica, como os ricos, porque triunfo e fortuna são complementares, dois lados de uma mesma moeda. E esta associação espontânea é explicável porque o sucesso chama sucesso, como o dinheiro chama dinheiro. O sucesso só pode aumentar se está em contato com o sucesso, porque se reflete nele e se fortifica, assim como os ricos se aliam com os ricos porque de sua aliança brota maior fortuna. Isso explica também a avidez da massa pela televisão, as revistas de cinema, a vida oculta ou privada de milionários ou celebridades de meia-tigela: porque é a única forma de ter acesso às esferas inacessíveis da glória ou da fortuna. Uma participação intermediada, é verdade, pelo olho da fechadura da imprensa sensacionalista, mas que serve para alimentar ilusões ou ensinar aos frustrados, senão o caminho, ao menos a direção tomada e sobretudo os frutos colhidos pelos *actifs décontractés*.

70

Podemos conceber um espaço sem tempo, mas não um tempo sem espaço. O tempo necessita das coisas para existir. Em um universo absolutamente vazio, o tempo não existe. O tempo é portanto uma qualidade do ser, algo que lhe pertence por definição, mas do qual não podemos separá-lo. O tempo não pode ser isolado nem armazenado, nem em um calendário, nem em uma clepsidra. Não podemos poupá-lo para utilizá-lo depois. O tempo desaparece à medida que o usamos. Para trás não há absolutamente nada: nada separa o dia de ontem da batalha de Lepanto, estão unidos por sua própria inexistência. O único tempo possível é o futuro, pois o que chamamos presente nada mais é que uma desaparição permanente. Mas o próprio futuro não sabemos em que consiste, é uma mera possibilidade. Sabemos que está lá, que vem em nossa direção, que está prestes a chegar. Mas como? Onde? O tempo seria portanto o âmbito da derrocada de tudo que existe, se não for a própria derrocada.

71

Nada mais deprimente que vislumbrar, através de uma janela entreaberta, o interior da *loge* da zeladora de um prédio de Paris. Cada uma destas *loges* é o santuário do horrível. Neste pequeno espaço se reúnem os objetos mais feios do mundo: flores de plástico, bibelôs de latão e esses peixes de cerâmica rígidos, sinistros, que, encostados na parede, nos perfuram com seu olho cego. Se alguém alguma vez quisesse fazer um museu ou uma exposição com o mais tosco e o mais vulgar da nossa manufatura, bastaria coletá-lo nestas *loges*. O gosto destas mulheres é verdadeiramente demoníaco, não tem paz nem limites. Há toda uma indústria, sem dúvida, especialmente destinada a satisfazer este apetite pervertido e que fabrica em série, aconselhada por modelistas paranoicos, toda uma gama de produtos para os quais o mercado espiritual é ilimitado: chinelos de pano, cupidos de marmolina, fruteiras de madeira entalhada e esses centros de mesas, espécie de natureza morta em majólica, que nos deixam fascinados com tanto horror e terminam ocupando toda a nossa vida com pesadelos.

72

Literatura é afetação. Quem escolheu como forma de expressão um meio derivado, a escrita, e não um natural, a palavra, deve obedecer às regras do jogo. É por isso que toda tentativa de dar a impressão de não ser afetado – monólogo interior, escrita automática, linguagem coloquial – constitui, em última instância, uma afetação elevada à segunda potência. Um Céline pode ser ainda mais afetado que um Proust, ou um Rulfo mais afetado que um Borges. O que deve ser evitado não é a afetação congênita da escrita, e sim a retórica que é acrescentada à afetação.

73

As turistas norte-americanas do ônibus: velhas e enrugadas. Mas enrugadas de uma maneira diferente das mulheres enrugadas de outras latitudes. Enrugaram-se no conforto e na bonança. Os sulcos de sua cara eram o fruto de gestos prazerosos, alegres e fartos, repetidos até o infinito, até terem imprimido nelas a máscara de uma velhice sem grandeza, a velhice da satisfação.

74

O velho, o ancestral caçador que há em todos nós, pode renascer em determinadas circunstâncias. Qualidades que possuímos dispersas, mas raras vezes concentradas em uma só atividade, como são o silêncio, a paciência, o sigilo, a atenção, a agilidade, a rapidez, a surpresa, se encontram na superfície de nosso ser e nos transformam em um experimentado e cruel homem do paleolítico. Assim, quando meu gato comete alguma travessura grave, com que astúcia e tenacidade o espero encolhido atrás de uma poltrona ou atrás de uma porta, preparando-lhe alguma sutil cilada, durante intermináveis minutos, para por fim pular em cima dele e atacá-lo pelo seu lado mais vulnerável.

75

Nossa natureza tende a expulsar a dor, não a conservá-la. Três dias depois da morte de T., penso menos nela e, quando o faço, já não sinto essa opressão no peito, na garganta, essa opressão que, se não for dominada, se espalha rapidamente para a cara, deforma nosso semblante e se transforma em pranto. A dor vai sendo eliminada em pequenos pacotes e só resta em nós o estupor, a indignação.

Uma menina de oito anos, lindíssima, mimada, filha única de pais que a adoravam, pais inteligentes, lindos também, com uma posição confortável, que garantiam a sua filha uma vida que não podemos assegurar que seria feliz, mas que era dotada de todos os recursos para evitar as desgraças. E esta menina é subitamente vítima de uma doença incurável. Em um ano, entre entradas e saídas do hospital, melhoras e recaídas, vai perdendo sua beleza, seu cabelo, sua vida, até se transformar em uma bonequinha triste que, aterrorizada, não consegue entender o que está acontecendo com ela, não compreende por que antes corria, brincava, pulava em parques, praias e jardins com outras crianças e agora tem que estar nesse quarto de hospital, sem poder sair da cama, rodeada de enfermeiras, de homens vestidos de branco que a observam, apalpam, perfuram, e de seus pais que cada vez falam menos, que envelhecem cada dia à sua cabeceira, que olham para ela convulsivamente, como algo que vai deixando de ser deles. Ignorante, inocente, ela já foi mordida pela morte e um dia, de repente, já não volta a ver seus pais, nem o urso de pelúcia com que dormia, nem esse livrinho com figuras, nem a seringa que temia, nem nada. Toda alma, todo sopro a abandona, ela fica enrugada, oca, vã, puro invólucro, como um balão de festa desinflado.

A última vez que a vi, antes de sua entrada definitiva no hospital, foi em sua casa. Já então, apesar de uma leve melhora, poderíamos dizer que ela não estava vivendo e sim cortejando a vida. Tinham-lhe comprado uma fantasia de espanhola. Encantada, vestiu-a e passeou pela sala, representando assim, fugazmente, vicariamente, um papel de adulta, de uma idade adulta, que nunca chegaria.

Por que nos aflige tanto a morte de uma criança? Por acaso não é o mesmo morrer aos oito anos que aos trinta, ou aos cinquenta? Não, porque com as crianças morre um projeto, uma possibilidade, enquanto que com os adultos morre algo já consumado. A morte de uma criança é um esbanjamento da natureza, a morte de um adulto é o preço que se paga por um bem que foi desfrutado.

76

Jantando de madrugada em uma pensão com um grupo de operários, me dou conta de que o que separa as chamadas classes sociais não é tanto as ideias, e sim os modos. Eu provavelmente compartilhava as aspirações dos meus comensais e, mais ainda, estava mais preparado do que eles para defendê-las, mas o que nos distanciava irremediavelmente era a maneira de segurar o garfo. Esse simples gesto, assim como a forma de mastigar, de falar e de fumar, criava entre nós um abismo maior do que qualquer discrepância ideológica. É que os modos são um legado que se adquire através de várias gerações e cuja presença perdura além de qualquer mutação intelectual. Eu estava de acordo com a manifestação da qual eles falavam e até mesmo com a greve, mas não com a vulgaridade de seus gestos nem com o caráter caótico e estridente de seu discurso. Meu bife teria um gosto melhor se eu o tivesse comido diante de um oligarca podre, mas que sabe dobrar corretamente seu guardanapo. O que permitiria que eu me relacionasse com ele não seria nossas opiniões, e sim nosso comportamento, pois a comunicação entre as pessoas se dá mais facilmente através das formas que dos conteúdos. A importância dos modos é tão grande que aqueles que em meu país chamamos de *huachafos* tentam pular de uma classe a outra não por meio de uma mudança de mentalidade, e sim graças à imitação dos modos, sem perceber, como fazem os arrivistas, que o fácil é copiar as ideias, posto que são invisíveis, e não as maneiras, o que requer uma demonstração permanente que geralmente os expõe ao ridículo. Pois os modos não se copiam, e sim se conquistam, são como uma acumulação de capital, um produto, fruto do esforço e da repetição, tão válido como qualquer criação da energia humana. São o emblema e a senha que permitem a uma classe identificar-se, frequentar-se, conviver e sustentar-se, para além de suas disputas e discórdias ocasionais. A única coisa que pode chegar a nivelar os modos, inventando outros modos que sejam mais naturais e suportáveis, são as verdadeiras revoluções. É por isso que as revoluções inautênticas são reconhecidas não pela ideologia que tentam propagar, e sim pela perpetuação dos modos de uma sociedade que achavam que tinham destruído.

77

Em seu comportamento com as mulheres, os homens são em geral tolos, presunçosos e francamente detestáveis. Minhas viagens de metrô já me familiarizaram com o cerimonial dos machos mediterrâneos – espanhóis, italianos, argelinos, tunisinos e, em menor grau, franceses – que desde o momento em que entram no vagão só pensam em encontrar uma mulher, de preferência bonita, mas, se não houver, qualquer mulher, para aproveitarem o espreme-espreme e se esfregarem contra ela. Se não for hora do rush, não importa, tratam de se colocar em frente a uma mulher para olhar suas pernas ou, no caso dos mais românticos, para olhá-la fixamente nos olhos, esperando não sei o quê, em vão, durante dez ou vinte estações. Mas o cúmulo, pelo que apresenta de quimérico como projeto ou de efêmero como prazer, são as agressões visuais sofridas pelas mulheres por homens que não viajam no mesmo vagão, e sim no vagão que vai em direção contrária. Os vagões se cruzam durante segundos em cada estação, mas ainda assim não falta nunca, Deus me livre, nunca, um safado bigodudo, esquálido ou depravadamente careca, que não lance seu olhar ávido em direção ao vagão inverso e, se encontra uma mulher bonita, não a observe com impertinência ou gula ou provocação ou arrogância. Que função cumpre este olhar fugaz? É a homenagem genérica, impessoal, rotineira do sexo forte ao sexo fraco? A intenção de registrar uma figura que passará a fazer parte de um harém interior? A esperança de surpreender na mulher observada uma resposta a esse fulminante convite sexual? Mas, supondo que a resposta seja afirmativa, como fazer para passar de um vagão a outro que vai em sentido contrário, ou ao menos marcar um encontro em frações de segundo? Tudo isso é absurdo, é um engodo. Mas acontece todos os dias no metrô, até enjoar, até causar compaixão. Porque o macho mediterrâneo, ao terminar sua viagem de metrô, com certeza carrega o peso de uma terrível frustração, sem outra saída além de fazer amor às cegas com sua mulher feia ou já deteriorada, ou masturbar-se estoicamente, como um orangotango enjaulado.

78

Para um pai, o calendário mais verdadeiro é seu próprio filho. Nele, mais do que em espelhos ou almanaques, tomamos consciência do tempo que vivemos e registramos os sintomas de nossa deterioração. Quando nasce um dente nele, um dos nossos se vai; quando ele cresce um centímetro, diminuímos o mesmo tanto; quando ele adquire luzes, elas em nós se extinguem; quando ele aprende algo, esquecemos algo; quando ele ganha um ano, perdemos outro. Seu desenvolvimento é a imagem simétrica e invertida de nosso desgaste, pois ele se alimenta de nosso tempo e é construído com as sucessivas amputações do nosso ser.

79

O álcool produz em nossos sentidos uma vibração que nos permite distorcer nossa percepção da realidade e empreender uma nova leitura dela. Aquilo que deveria ser recebido como uma totalidade chega até nós despedaçado, e podemos assim distinguir seus elementos e estabelecer entre eles uma nova ordem de prioridades. Ao beber, mudamos simplesmente de ponto de vista e recebemos do mundo uma imagem que tem, pelo menos, a vantagem de ser distinta da natural. Nesse sentido, a embriaguez é um método de conhecimento. A embriaguez moderada, ou seja, aquela que nos distancia de nós mesmos sem nos deixar desamparados, e não a bebedeira, na qual nossa consciência diz adeus ao nosso comportamento.

80

A partir de certa idade, que varia de acordo com as pessoas mas que se situa em torno dos quarenta, a vida começa a parecer-nos insulsa, lenta, estéril, sem atrativos, repetitiva, como se cada dia fosse apenas o plágio do anterior. Algo em nós se apagou: entusiasmo, energia, capacidade de fazer projetos, espírito de aventura ou simplesmente apetite de prazer, de invenção ou de risco. É o momento de fazer uma parada, reavaliar nossa vida sob todos os seus aspectos e tentar tirar partido de suas fraquezas. Momento de suprema escolha, pois se trata, na realidade, de escolher entre a sabedoria e a estupidez.

81

Ao lado dos trilhos da vida, por onde todos andamos, há uma via paralela, escolhida só pelos iluminados. Via expressa, não para em nenhuma estação nem cai na tentação das delícias da paisagem. Ela leva diretamente à estação final e no prazo mais curto, pois o tempo que a governa não é o dos nossos relógios. Quem nunca sentiu a tentação de segui-la? Conheci heróis precoces, drogados inclementes, que desdenharam a senda ordinária, pela sua pressa desesperada de chegarem, fulgurantes, à morte.

82

Às vezes descerro a cortina e lanço um olhar ávido sobre o mundo, o interrogo, mas não recebo nenhuma mensagem, salvo a do caos e da confusão: automóveis que circulam, pedestres que atravessam a praça, lojas que acendem suas luzes, escavadeiras que aram um terreno baldio, pássaros perdidos que buscam um pouso no meio da confusão. São os dias nefastos, nos quais nada podemos desentranhar, pois nossa consciência está excessivamente entorpecida pela razão e nossos olhos embaçados pela rotina. Limpar ambos daquilo que os atrapalha não é uma tarefa fácil. Às vezes conseguimos com um esforço de concentração, outras vezes isso acontece naturalmente, graças a um trabalho interior no qual não participamos de forma deliberada. Só então a realidade entreabre suas portas e podemos vislumbrar o essencial.

83

Arte de narrar: sensibilidade para perceber os significados das coisas. Se digo: "O homem do bar era um sujeito calvo", faço uma observação pueril. Mas posso também dizer: "Todas as calvícies são infelizes, mas há calvícies que inspiram uma pena profunda. São calvícies obtidas sem glória, fruto da rotina e não do prazer, como a do homem que ontem bebia cerveja no Violino Cigano. Ao vê-lo, pensei: 'Em que repartição pública será que esse cristão perdeu seus cabelos!'." No entanto, é talvez na primeira fórmula que resida a arte de narrar.

84

Há vezes em que a taberna tem um ar sinistro, e então as noites cobrem-se de uma irremediável tristeza. No balcão, os bêbados e putinhas de costume. A sala do fundo quase deserta: um casal abraçado, uma velha tomando uma água mineral, um tecnocrata discutindo com um burocrata. Eu e meu *gigondas* em um canto, olhando, esperando. Esperando o quê? Isso, o milagre, um acaso, um encontro, um sopro de mistério ou de poesia. Mas nada. No terceiro copo, apago meu cigarro e vou embora, não vencido, e sim envergonhado por ter acreditado que ainda é possível aguardar neste mundo trivial a irrupção do maravilhoso.

85

A única maneira de me comunicar com o escritor que existe em mim é através da libação solitária. Depois de alguns tragos, ele emerge. E escuto sua voz, uma voz um pouco monocórdica, mas contínua, por momentos imperiosa. Eu a registro e tento retê-la até que ela vai se tornando cada vez mais nebulosa, desordenada, e acaba desaparecendo quando eu mesmo me afogo num mar de náuseas, de tabaco e de bruma. Coitado do meu duplo, a que poço terrível o releguei, que só tão esporadicamente, e à custa de tanto mal, posso entrevê-lo! Sepultado em mim como uma semente morta, talvez se lembre das épocas felizes em que vivíamos juntos, e mais ainda, em que éramos um só e não era necessário percorrer distância alguma, nem beber vinho algum, para tê-lo constantemente presente.

86

O fato material de escrever, tomado em sua forma mais trivial, por assim dizer – uma receita médica, um recado – , é um dos fenômenos mais enigmáticos e preciosos que se possa imaginar. É o ponto de convergência entre o invisível e o visível, entre o mundo da temporalidade e o da espacialidade. Ao escrever, na realidade, não fazemos outra coisa senão desenhar nossos pensamentos, converter em formas o que era só formulação e saltar, sem a mediação da voz, da ideia ao símbolo. Mas tão prodigioso como escrever é ler, pois trata-se justamente de realizar a operação contrária: temporalizar o espacial, sugar para o recinto ilocalizável da consciência e da memória aquilo que não é nada além de uma sucessão de grafismos convencionais, de traços que, para um analfabeto, carecem de todo sentido, mas que nós aprendemos a interpretar e a retransformar em sua substância primeira. Assim, toda nossa cultura está baseada em um ir e vir entre os conceitos e suas representações, em um permanente comércio entre mundos aparentemente incompatíveis, mas que alguém, em um dado momento, conseguiu comunicar, ao descobrir uma passagem secreta através da qual se podia passar do abstrato ao concreto, graças a umas trinta figuras que foram se aperfeiçoando até constituírem o alfabeto.

87

Quando fico sozinho em casa, como agora, bastam dois ou três dias para que ao meu redor se instaure essa desordem que sempre me acompanhou nos meus tempos de solteiro. Uma desordem que vem, além disso, com toda naturalidade, como se emanasse de mim, e que constitui na realidade minha verdadeira ordem. No dormitório a cama desfeita, camisas penduradas em todas as cadeiras, livros jogados no chão, três copos na mesinha de cabeceira com água de vários dias, comprimidos contra dor de cabeça, cinzeiros cheios de guimbas, meias jogadas embaixo da cama, chicletes em cima da escrivaninha, mais comprimidos, bilhetes de metrô, chaves misteriosas que saíram não se sabe de onde, maços de cigarro pela metade, elásticos, canetas sem tinta, pilhas de livros, um copo com restos do gim de ontem, uma xícara de chá com uma guimba amassada, moedas de vários países... Cenário que examino com simpatia e uma ponta de inquietação, sem me atrever a modificá-lo, deixando-o entregue a sua própria decomposição.

88

Chegam pontualmente às cinco da tarde ao bar da classe turística, com seu uniforme negro e um patético ar de coveiros. Um tira do estojo seu violino, o outro seu violoncelo e o terceiro se senta ao piano, distribui as partituras, dá a nota e ataca a melodia, seguido por seus companheiros. É uma música fora de moda, pegajosa, sentimentaloide, pretensiosamente chique, mas ao mesmo tempo com um arzinho popular, como aquela que escutamos nas efemérides de província ou nos salões de chá de categoria duvidosa. Ainda por cima, a música é tocada sem alegria nem interesse, nem sequer como quem cumpre uma tarefa, e sim como quem executa uma penitência.

    O pianista é calvo, usa óculos. A estrutura de sua cara é robusta, um pouco ao estilo cro-magnon, tem a expressão de um homem amargurado, raivoso, descontente com sua sorte, mas destinado por sua função a ser um mensageiro do entretenimento e um símbolo da alegria de viver. Só no final de algumas músicas sua personalidade emerge e ele então arqueja, bufa, surra o piano com um vigor que o público confunde com inspiração, mas que não passa de mau humor reprimido. Depois das cinco peças regulamentares, e não obstante o pedido de um público entediado e embrutecido, corre o polegar por todo o teclado e fecha a tampa do piano sem que um músculo de sua cara se mexa, dando a entender, assim, que o concerto terminou.

    O violoncelista é estranho, qual será a sua miséria? Comecemos dizendo que ele ainda tem cabelo em toda a cabeça, mas tão ralo, tão descolorido e tão grudado no crânio que, de longe, dá a impressão de ser tão calvo como o pianista. Sob os olhos, não surge aos poucos, mas simplesmente está lá, grudado não se sabe como, o nariz mais triste que já vi em minha vida: compridíssimo, desolado, um pouco assimétrico, como se tivesse sido colocado ali de propósito para que alguém o puxe ou tente endireitá-lo. O rosto todo sustenta o nariz com certa vergonha, parece que pede desculpas por carregá-lo, os olhinhos míopes que pedem perdão atrás dos óculos, a boquinha franzida em um "O" perpétuo, e o bigodinho embaixo de tão infame instrumento. Digamos, por último, que este homem não tem queixo, a ponto de sua cara parecer uma prolongação de sua garganta.

    O violinista é um sobrevivente da época de ouro da ópera italiana. Não sei por quê, dá a impressão de estar sempre maquiado e em cima do palco. É o típico mocinho bonito, mas um mocinho bonito triste, que por alguma razão não soube tirar proveito de sua beleza. Sua cabeleira é farta, mas completamente grisalha, de modo que não se sabe se é um velho que teve a sorte de não perder o cabelo, ou um jovem que ficou grisalho antes da hora. Em todo caso, este homem ainda confia em sua força de sedução, sobretudo na força de seu olhar. Tem, como se dizia na França um século atrás, *du regard*. Este homem, antes de começar o concerto, enquanto afina seu arco, passeia seu *regard* por todo o auditório e o detém, de preferência, nas mulheres cinquentonas. Acha que está produzindo algum efeito. Ah, tristíssimo mocinho bonito diletante, teimosamente italiano! É o único, ainda por cima, que vem sempre com o uniforme impecavelmente passado e que agradece os aplausos depois de cada intervenção, levantando-se ligeiramente de seu assento para fazer reverências e rapidíssimas saudações à direita e à esquerda. Além disso, para ele foram reservados os momentos de virtuosismo, que ele ataca com energia, agitando suas madeixas brancas e elevando de vez em quando, por cima da partitura, seu *regard* sobre as mulheres. Compreendo que este homem, cem anos atrás, com esses gestos e essas fanfarronices, teria sucesso entre as damas românticas das cidades do interior. Agora, é um palhaço e o típico marido cornudo das peças de Pirandello.

89

Durante dez anos vivi emancipado do sentido da propriedade, da profissão, da família, do domicílio e viajei pelo mundo com uma maleta cheia de livros, uma máquina de escrever e um toca-discos portátil. Mas era vulnerável e cedi a sortilégios tão antigos como a mulher, o lar, o trabalho, os bens. Foi assim que criei raízes, escolhi um lugar, ocupei-o e comecei a povoá-lo de objetos e de presenças. Primeiro alguém a quem querer, depois algo que este ser quisesse, depois os utensílios adequados: uma cama, uma cadeira, um quadro, um filho. Mas era só o começo, pois todos fomos coletores, depois nos tornamos colecionadores e acabamos sendo um elo a mais na corrente infinita dos consumidores. De modo que, quando já estamos usados, gastos demais para poder aproveitar, a gente se vê circunscrito pelas coisas. Livros que não queremos ler, discos que não temos tempo de escutar, cigarros que nos proibiram de fumar, mulheres que não temos força para amar, lembranças que não temos vontade de consultar, amigos a quem não há nada a perguntar e experiências que não podemos aproveitar. O tardio, o supérfluo, o que antigamente era cobiçado, se amontoa à nossa volta, se organiza no que poderíamos chamar de uma casa, mas quando já estamos nos despedindo de tudo, pois esta vida acumulativa termina por edificar-se em umbral de nossa morte.

II

90

Passeamos como robôs por cidades insensatas. Vamos de um sexo a outro para chegar sempre à mesma morada. Dizemos mais ou menos as mesmas coisas, com algumas ligeiras variantes. Comemos vegetais ou animais, mas nunca mais do que os disponíveis, em nenhum lugar nos servem a Ave do Paraíso nem a Rosa dos Ventos. Orgulhamo-nos de aventuras que um computador reduziria a dez ou doze situações corriqueiras. A vida seria, então, apesar de tudo o que já foi dito, por causa de sua monotonia, demasiado longa? Que importância tem viver um ou cem anos? Como o recémnascido, nada deixaremos. Como o centenário, nada levaremos, nem a roupa suja, nem o tesouro. Alguns deixarão uma obra, é verdade. Será lindamente editada. Depois, se tornará a curiosidade de algum colecionador. Mais tarde, a citação de um erudito. Por fim, pouco menos que um nome: uma ignorância.

91

Releitura de Gibbon, as intermináveis querelas em torno da trindade, a encarnação, a eucaristia, as imagens. Cada religião segrega automaticamente suas próprias heresias. Do corpo central de uma doutrina se desprende sempre uma ou várias facções, que discutem detalhes e que terminam criando sua própria doutrina, que por sua vez dá origem a outras. Assim como na ordem biológica certos processos vitais perduram só através da partenogênese, na ordem das ideias ocorre o mesmo, e estas só geram frutos de acordo com o princípio da subdivisão permanente.

92

Um dos meus defeitos principais é a dispersão, a impossibilidade de concentrar de forma duradoura meu interesse, minha inteligência e minhas energias em algo determinado. As fronteiras entre o objeto da minha atividade no momento e aquilo que me rodeia são demasiado elásticas, e através delas se infiltram chamados, tentações, que me deslocam de uma tarefa a outra. Durante vários dias estive lendo diários escritos por mulheres, achando que por esse caminho chegaria a algum lugar, mas de repente me desviei para os memorialistas franceses do século XVIII, e também deixei isso de lado para mergulhar nos OVNIs, tema que achei que havia esgotado semanas atrás, mas que por acaso, com a leitura de um jornal, regressa até mim e me submerge em leituras extenuantes, que certamente abandonarei a qualquer momento em troca da história antiga, da alquimia ou da antropologia. Sou vítima, me dou conta, da facilidade que existe hoje para se informar: livros de bolso, revistas de divulgação, manuais ao alcance de todos, nos dão a impressão falaciosa de que somos os homens de um novo Renascimento, Erasmos nanicos, que conseguem saber de tudo através de obras de meia-tigela, compradas a preço de supermercado. Erro que é preciso emendar, pois há tempos eu sei, mas sempre me esqueço, que a informação não tem sentido algum se não for governada pela formação.

93

A maioria das vidas humanas são simples conjecturas. São muito poucos os que conseguem levá-las até a demonstração. Identifiquei aqueles que se encarregarão de completar em minha vida as provas que faltavam para que tudo não passe de um borrão. Tiveram quase as mesmas experiências, leram quase os mesmos livros, sofreram quase as mesmas desventuras, incorreram quase nos mesmos erros. Mas serão eles quem escreverão os livros que não pude escrever.

94

Entro na cozinha e vejo minha mulher submersa debaixo de centenas de pratos, xícaras, vasilhas, panelas, taças, talheres, coadores, escumadeiras, aparelhos elétricos, tentando limpá-los e colocá-los em ordem. E penso que não há nada pior do que ser dominado pelos objetos. A única maneira de evitar isso é possuindo o menos possível. Toda aquisição é uma responsabilidade e, por isso, uma servidão. É por essa razão que certas tribos de caçadores e coletores da Austrália, Nova Guiné, Amazônia decidiram não possuir nada, o que, paradoxalmente, não é um sinal de pobreza, e sim de riqueza. Isso lhes permite a mobilidade, a errância, ou seja, aquilo que não tem preço: a liberdade.

95

Nosso rosto é a sobreposição dos rostos dos nossos antepassados. Ao longo de nossa vida, os traços de uns vão se tornando mais visíveis que os de outros. Assim, quando bebês, parecemos com o avô; quando crianças, com a mãe; quando adolescentes, com o tio; quando jovens, com o pai; quando maduros, com o papa Bonifácio VI; quando velhos, com um vaso de cerâmica chimu e, quando anciãos, com qualquer antropoide. Quase nunca parecemos com nós mesmos.

96

O Além frequentemente nos envia seus mortos. Ontem, por exemplo, cruzei com o presidente Georges Pompidou na Rue de Vaugirard. Faz uns dias, minha avó Josefina me parou na rua para me perguntar a hora. Semanas atrás, coisa mais grave, estive com Pablo Neruda tomando um café e conversando em uma calçada na Contrescarpe. Não é preciso dizer que os três estavam incógnitos, o presidente vestido de pedreiro, minha avó de freira e o poeta de fotógrafo ambulante. Vai ver que querem passar despercebidos. Mas eu os reconheci, sem nenhuma possibilidade de engano. Para que será que eles vêm?, me pergunto. Não acho que seja para recordar, nem para recolher algo que esqueceram, nem para finalizar algum trâmite que deixaram incompleto na confusão da partida. Eles vêm talvez como emissários secretos de alguma administração distante, para entregar por debaixo da porta a convocação que ainda não esperávamos.

97

Somos um instrumento dotado de muitas cordas, mas geralmente morremos sem que todas tenham sido pulsadas. Assim, nunca saberemos que música guardávamos. Faltou-nos o amor, a amizade, a viagem, o livro, a cidade capaz de fazer vibrar a polifonia em nós oculta. Tocamos sempre a mesma nota.

98

Os ecologistas se encarregaram de denunciar a contaminação do meio ambiente, mas quem se preocupa com a poluição verbal e ideológica? E é tão visível! E tão nociva, pois causa verdadeiras depredações na personalidade, sobretudo no que tange à linguagem. Registrei a deterioração de alguns falantes, esmagados pelos escombros e restos de uma cultura de massa, que soltam onde quer que seja suas ideias e suas palavras. Perguntam a uma cabeleireira na televisão o que pensa do seu ofício e responde: "É um serviço muito aleatório, mas quando há uma motivação verdadeira permite que a gente faça certas performances e expresse nossa identidade." Mais breve, mas igualmente ilustrativa, é a resposta de um pintor abstrato do Caribe, completamente ignorante, que ao ser indagado sobre o significado de suas figuras geométricas responde, sorridente: "A semiótica, cara."

99

Durante muitos anos, por um erro do editor, que tinha se enganado no retrato da contracapa, li obras de Balzac pensando que ele tinha o rosto de Amiel, ou seja, um rosto comprido, magro, elegante, doentio e metafísico. Só quando descobri mais tarde o verdadeiro rosto de Balzac, sua obra mudou de sentido para mim e se esclareceu. Cada escritor tem a cara de sua obra. Assim, me divirto às vezes pensando como leria as obras de Victor Hugo se ele tivesse a cara de Baudelaire, ou as de Vallejo se ele fosse parecido com Neruda. Mas é evidente que Vallejo não teria escrito os *Poemas humanos* se tivesse a cara de Neruda.

100

Embaixadores que perderam seu cargo caminham pela rua com um ar de quem trabalha numa pedreira, ministros destituídos parecem a foto amarelada de sua antiga efígie. Há homens assim, que, depois que deixam o posto, retornam à insignificância. Isso se deve ao fato de que não tinham outra maneira de ser além de sua função.

101

Ideia: em cada um de nossos atos há um desperdício de energia. Consideremos um fato tão simples e cotidiano como o caminhar. Para pôr em movimento nossa massa, temos que empregar uma força superior a seu peso, pois do contrário ficaríamos imóveis. Desse modo, em cada passo que damos há um excedente energético que fica sem uso e que constitui uma dilapidação do esforço humano. Estudar a forma de recuperar essa energia que sobra. Por exemplo, colocar nos sapatos dos caminhantes – que são bilhões por dia – pilhas ou acumuladores. E que os sábios depois quebrem a cabeça pensando na etapa seguinte do processo.

102

No quiosque de um vendedor de bilhetes de loteria leio este aviso: "Aqui foi vendido o último número do milhão." Erro tático. Para atrair os clientes, deveria dizer: "Aqui até hoje nunca foi vendido o número do milhão."

103

Como é difícil ensinar as crianças a perder. Tanto faz se brincam com soldados, damas, banco imobiliário ou baralho, elas não admitem outra possibilidade além da vitória. Quando esta se revela impossível, tentam resgatá-la com algum estratagema, abandonam o jogo antes que esse se defina ou propõem outro jogo no qual estão certas de que vão ganhar. Mas, com o tempo, chegam a compreender que também existe a derrota. Então sua visão da vida se alarga, mas no sentido da sombra e do desamparo, como alguém que, tendo sempre dormido de sol a sol, despertasse um dia no meio do sono e percebesse que também existe a noite.

104

Às vezes tenho a impressão de que meu gato quer me transmitir uma mensagem. A obstinação com que ele me observa, me segue, se aproxima de mim, se esfrega contra mim, mia para mim, vai além do simples testemunho de submissão de um animal doméstico. Percebo em seu olhar inteligência, pressa, ansiedade. Mas nada poderei receber dele, além desses sinais enigmáticos. Entre mim e eles existem não séculos, e sim centenas de séculos de evolução, e somos tão diferentes como uma pedra e uma maçã. Ele, apesar de viver em nossa época, continua à deriva no mundo arcaico do instinto, e ninguém poderá compreendê-lo exceto os de sua espécie. Serão necessárias ainda centenas de séculos para que a distância que nos separa seja talvez encurtada e eu possa, por fim, entender o que ele me diz, que certamente não passará de um lugar-comum: tem uma mosca aí, está fazendo calor, me faz um carinho. Como qualquer ser humano, em suma.

105

Tomo consciência agora, sozinho em casa, dos meus ideais de adolescente, quando imaginava no meu quarto em Miraflores, ao lado da parreira e das macieiras, como seria agradável uma vida de escritor. Então simulava essa vida, colocava na boca um cachimbo sem tabaco, ao alcance da mão um copo d'água que eu fingia que era vinho e, sentado diante de minha escrivaninha, fingia que escrevia. Quanta ilusão e inocência havia nesses gestos! Agora sou isso que imaginei, fumo, bebo e escrevo de verdade e, para ser sincero, vou dizer que isso pode me entreter, mas não me reconforta. Talvez porque escrever significa desprezar o canto de sereia da vida, talvez porque nada do que fiz me satisfaz, talvez porque frequentemente tenho a impressão de que em algum momento errei de caminho e isso me condenou para sempre a passar *à coté de la question*.

106

O mais insignificante dos homens deixa uma relíquia – sua calça, uma medalha, sua carteira de identidade, um cacho de cabelo guardado em uma caixinha – mas são poucos os que deixam uma obra. Por isso as relíquias me deprimem e as obras me entusiasmam. Por isso também raras vezes visito a "casa do artista", não importa se for Balzac, Beethoven ou Rubens, e prefiro a companhia de seus livros, melodias e pinturas. As relíquias segregam um aroma de tristeza, de fugacidade e sobretudo de ausência, pois são o sinal visível de algo que não existe mais. Seu valor é condicional: elas são conservadas porque pertenceram a fulano ou sicrano, pois de outro modo já teriam virado pó faz tempo, como seus donos. Por isso, nada mais angustiante do que ver a poltrona de Voltaire, a tabaqueira de Bach ou o pincel de Leonardo. Coisas desabitadas. O espírito passou por ali, para instalar-se na obra.

107

Queimando de febre por causa de um mal zodiacal, agoniado por contas vencidas e invencíveis, privado de toda graça criadora, sentindo que de hora em hora caem sobre mim as pás de terra do meu próprio enterro, enclausurado em casa por causa disso nesta tarde benemérita, me deleito, no entanto, com a minha reclusão, e tomo daqui e dali o suco das coisas, a frase de um livro, a linha de uma gravura, a cadência de uma melodia, o aroma de uma taça, a silhueta de uma ideia que aparece, refulge e some, pensando que não há nada mais duradouro do que o instante perfeito.

108

O grande mural fotográfico que enfeita a sala do café Les Finances. Representava em seus melhores dias um bosque em pleno verdor. Com o passar dos anos, a cor amarelou. A primavera das fotografias também tem seu outono.

109

Café expresso na pracinha central de Capri, folheando o *Corriere della Sera* e observando o denso fluxo dos veranistas. Hercúleos rapazes que exibem suas coxas queimadas e seus peitorais peludos; inefáveis moças em blue-jeans apertados, mais belas que qualquer mármore florentino; mas sobretudo velhos barrigudos de bermudas, meias e sandálias, velhas de biquíni lambuzadas de maquiagem, com varizes, celulites e horríveis pelancas na barriga, e anciões decrépitos, extremamente dignos e elegantes, com chapéu de palha e paletó de linho, que andam à deriva na tarde ensolarada explorando com a bengala seu último verão.

110

A jovem e bonita proprietária do estúdio que aluguei na Rue Saint-Séverin e que no dia em que lhe devolvi as chaves explodiu de raiva ao verificar que havia uma mancha na parede, uma queimadura de cigarro na beirada da mesa e três ou quatro copos a menos. Que me pedisse uma compensação por esses minúsculos danos me pareceu normal, mas o que me chamou a atenção foi o argumento que utilizou: "Não se esqueça que meu marido e eu somos um casal jovem. *Nous commençons.*" Essa fórmula truncada, sem continuação nem complemento, foi mais expressiva e convincente que qualquer discurso: "Estamos começando." Não era preciso acrescentar mais nada para conhecer as entranhas do personagem. *Começar* significava neste caso começar a possuir casas, a ter inquilinos, a cobrar, a tirar partido de qualquer maneira do privilégio de ser proprietário, a discutir arrogantemente a partir de uma posição de força, a ameaçar, a mostrar-se implacável com o devedor, a não ceder nem um pingo de seus direitos, a não renunciar a nenhuma forma de lucro, a colocar a pedra angular de um projeto de vida que implicava a acumulação de novos bens, a multiplicação da renda, a defesa da propriedade, da segurança, da ordem, para assim, depois de vinte ou trinta anos, tornar-se uma velha rica, odiosa e abastada, montada arrogantemente em cima de um patrimônio imobiliário e acionário, o que não a livraria no entanto nem da pequenez, nem do esquecimento, nem da morte.

111

Enquanto me desloco de Paris a Bruxelas de carro, vejo passar em sentido contrário uma enorme carreta com quatro trailers. Mais adiante, passamos por outra carreta que leva, desta vez rumo a Bruxelas, quatro trailers idênticos aos anteriores. Imediatamente penso: teriam economizado tempo, dinheiro e esforço se, em lugar de transportar os trailers de uma cidade a outra, eles simplesmente fossem *trocados* um pelo outro. Isso faz lembrar minha velha ideia de um BANCO DE SERVIÇOS. Muitas vezes temos que nos deslocar de um extremo a outro de Paris ou a outro país para cumprir uma tarefa simples ou fazer uma gestão anódina, ao mesmo tempo que outra pessoa tem que fazer a viagem inversa com um propósito análogo. Encontrar a forma de nos colocar em contato para intercambiar nossas ações.

Faço isto por você aqui e você faz isso por mim acolá. Naturalmente, isso requer em muitos casos certo grau de *despersonalização*, à qual com o tempo as pessoas se acostumarão, por exemplo, que eu substitua um senhor em um jantar no meu bairro, e ele me substitua em um casamento no seu bairro. Assim as pessoas se moveriam menos, o que é uma grande vantagem, pois, como dizia Flaubert, "mover-se é deletério".

112

Na cadeia biológica, ou mais concretamente na história da humanidade, somos um brilho fugaz, nem mesmo isso, um sobressalto, menos ainda, uma pedra que afunda num poço, algo ainda mais insignificante, um reflexo, um sopro, um grão de areia, nada que fuja da quantidade e da indiferença. Dessa perspectiva, o indivíduo não conta, e sim a espécie, único agente ativo da história. Esta deveria alguma vez ser escrita sem que fosse citado um só nome, seja de imperador, artista ou inventor, pois cada um deles é o produto de todos os que os antecederam e o germe de quem os sucederá. A noção de indivíduo é uma noção moderna, que pertence à cultura ocidental, e se exacerbou depois do Renascimento. As grandes obras da criação humana, seja livros sagrados, poemas épicos, catedrais ou cidades, são anônimas. O importante não é que Leonardo tenha produzido *La Gioconda*, e sim que a espécie tenha produzido Leonardo.

113

Há tardes de primavera em Paris, como esta de hoje, ensolarada, dourada, que não são vividas, mas descascadas e saboreadas como uma tangerina. E para isso nada melhor que a varanda de um café, uma bebida tonificante, uma falta de atenção, um deixar que nosso olhar em repouso receba e arquive as imagens do mundo, sem se preocupar em encontrar nelas ordem nem sentido nem prioridade. Ser somente o vidro através do qual a vida nos penetra, intacta.

114

O porteiro do edifício, oitenta anos, veterano de duas guerras, morre de um enfarte em sua cama enquanto fazia a sesta. Nas horas seguintes passam a polícia, o médico, alguns vizinhos, para os trâmites e verificações do caso. Mas ao anoitecer, como ele não tem parentes em Paris, é deixado em sua *loge*, sem que ninguém venha velá-lo, deitado tal como estava quando faleceu. Nessa mesma noite, muito tarde, chega de Lima um primo meu, vem me procurar em casa e, como não sabe em que apartamento eu moro, entra na *loge* para indagar ao porteiro. Ele não responde. Por fim, perguntando de porta em porta, chega ao meu apartamento e diz: "Que trabalheira te encontrar! Fui falar com o porteiro, e por mais que perguntasse onde você morava, ele não me respondia." "É natural", digo, "já que ele morreu."

115

Eu e meu gato negro, nesta noite chuvosa de verão. O quarto em silêncio. Um ou outro carro desliza pela rua úmida. O bairro dorme, mas eu e meu gato velamos, relutamos em dar por concluída a jornada, sem ter feito nada, pelo menos eu, que a justifique, que dê a ela algum sentido e a diferencie de outras, igualmente parcimoniosas e vazias. Talvez por isso escrevo páginas como esta, para deixar sinais, pequenos vestígios de dias que não mereceriam figurar na memória de ninguém. Em cada uma das letras que escrevo está imbricado o tempo, meu tempo, a trama da minha vida, que outros decifrarão como o desenho de um tapete.

116

Em alguns casos, como no meu, o ato criativo está baseado na autodestruição. Todos os demais valores – saúde, família, porvir etc. – ficam subordinados ao ato de criar e perdem toda validade. O inadiável, o primordial, é a linha, a frase, o parágrafo que a gente escreve, que se transforma assim no depositário de nosso ser, na medida em que implica o sacrifício de nosso ser. Admiro, portanto, os artistas que criam no sentido de sua vida e não contra sua vida, os longevos, verdadeiros e jubilosos, que se alimentam de sua própria criação e não fazem dela, como eu, a subtração do que nos era tolerado viver.

117

A terrível solidão do campo. Ontem depressão, angústia na casa aristocrática que me emprestaram, cem quilômetros ao sul de Paris. Enclausurado voluntariamente nela para tentar terminar alguns contos. Os ruídos inumanos que habitam esses silêncios: rangem as vigas, sopra o vento, crepita a lenha na lareira, grasna um pássaro noturno. Esta manhã andei a pé três quilômetros até o povoado mais próximo e não vi sequer um homem, um animal, um veículo. Soprava um vento gelado sobre a terra fria e as árvores enegrecidas. A natureza é espontaneamente feia. A beleza foi introduzida por nós, é uma convenção cuja origem teríamos que buscar nos bucólicos gregos, em Virgílio, nos clássicos da "paisagem americana", nos românticos ingleses, enfim, na literatura.

118

Alguma divindade, quando nascemos, traça sobre nosso nome uma cruz negra e então não haverá quartel em nossa vida, não encontraremos nada além de obstáculos, chacotas e ciladas, e a menor alegria terá que ser arrancada a pulso, pelejando, lutando contra a corrente, olhando os afortunados que deslizam pela margem, com sua carta triunfal na mão, e sem permitir-nos a menor distração, pois só se espera isso de nós, que cedamos um instante ao desânimo, para que o punhal penetre até o cabo.

119

Momentos de absoluta solidão, nos quais percebemos que não somos nada além de um ponto de vista, um olhar. Nosso ser nos abandonou e em vão corremos atrás dele, tentando agarrá-lo pela aba da casaca.

120

Parado na cerca de pedra que cai a pico sobre o pomar descuidado das oliveiras, contemplo a quebrada em declive, ao fundo da qual se vê, plúmbeo e calmo, o mar Tirreno. Entardece. Meu ouvido ausculta a natureza e descobre que o que eu tomava a princípio por um silêncio nada mais é que uma trama extremamente apertada de ruídos: grilos, cigarras, rãs, abelhas, moscas-varejeiras, pássaros, tão cerrada que forma uma melodia uniforme sem um só interstício onde possa se colocar uma pausa. Em suma, a voz da natureza que canta seu canto imemorial, que foi escutado vinte séculos atrás por Júlio César, Horácio, Catão. O que me separa deles? Em tanta solidão, aparentemente nada. Ao pisar seu espaço imaculado, poderia dizer que me tornei seu contemporâneo. Mas sempre há algo que nos traz de volta ao nosso tempo e nos faz lembrar que as eras não passam em vão. Ao levantar a cabeça, distingo no cume do monte Argentario, irritante porque íngreme e impossível, os sete discos gigantes de uma estação de radar.

121

O estranho, em nosso corpo, é a submissão às regras da simetria. Temos dois olhos, duas orelhas, dois orifícios nasais, duas séries de dentes numericamente iguais, duas amígdalas, duas clavículas, dois brônquios, dois pulmões, duas omoplatas, dois mamilos, dois braços, dois rins, duas cadeiras, duas nádegas, duas pernas, dois testículos, duas mãos, dois pés, dois jogos de costelas. Quem terá implantado essa ordem binária que parece calcada sobre um pensamento precavido? Que relação há, além disso, entre estes órgãos ou membros repetidos e aqueles que são únicos, como a língua, o esôfago, o estômago, o coração, o fígado, o falo, o ânus? Somos uma combinação do solitário e do duplo, o que parece indicar que quem nos inventou ficou em dúvida e, por fim, sem saber que partido tomar, optou, meio por acaso, pelo ecletismo.

122

A sabedoria desse velho líder camponês de Cusco que, ao ser interrogado por ávidos aventureiros sobre onde poderia estar o Paititi ou, em outras palavras, o Eldorado, responde: "Você só encontrará o Paititi quando conseguir arrancar dos seus olhos o brilho da cobiça."

123

O espanto, o sobressalto, até mesmo o mal-estar que senti quando percebi hoje que o inquilino calvo, de óculos e cachorrinho, com o qual cruzei durante oito anos na escada do prédio, dizendo sempre a mesma e invariável frase, "*Pardon, monsieur*", não era um, e sim dois. Dois homens exatamente iguais, de óculos, calvos e com cachorrinho, mas com quem cruzei sempre em horários diferentes, de modo que os havia fundido em um só ser. Já me havia intrigado um pouco a faculdade que este homem tinha de multiplicar-se, pois às vezes tinha a impressão de encontrar com ele com demasiada frequência e às vezes em lugares incongruentes. Mas hoje aconteceu o que deveria ter acontecido há anos e encontrei ambos na porta do edifício, com seus cachorrinhos e seus óculos, batendo papo amigavelmente, assim como seus cachorros. Fiquei tão confuso que não soube a qual deles dizer meu "*Pardon, monsieur*", e olhei-os alternadamente, com a boca aberta, até que por fim ambos se anteciparam e pronunciaram em uníssono o cumprimento habitual, acompanhando-o de um sorriso e um gesto de saudação. Sai à rua sem responder-lhes, francamente indignado, como se tivesse sido vítima de uma farsa.

124

Dizer, como os estoicos da Antiguidade ou os místicos orientais: "Nada tem importância", nem a vida nem a morte, nem a riqueza nem a miséria, nem o prazer nem a dor, nem a glória nem o fracasso. Dizer, como tantos intelectuais de hoje: "Tudo tem importância", a paz e a guerra, a liberdade e a opressão, o homem e a natureza, os objetos e as ideias. Ambas as atitudes me deixam perplexo. Tudo tem importância, nada tem importância, aqui, agora.

125

Os hospitais são postos fronteiriços por onde se conduz o trânsito entre a vida e a morte. Pela grande porta da fachada, entram e saem os vivos. Mas há uma porta discreta, vergonhosa, por onde os mortos são despedidos dissimuladamente. Médicos, cirurgiões, anestesistas, são os administradores onipotentes do Além. Mas há também funcionários menores que decidem o irreparável, tais como as enfermeiras que se esquecem de renovar uma transfusão, ou que não chegam no momento exato em que o paciente precisava do comprimido ou simplesmente da palavra capaz de ampará-lo em sua última queda. E esses choferes de ambulância, odiosos lacaios volantes da saúde, que saem disparados em seus veículos barulhentos em direção ao local dos acidentes. Têm instruções muito precisas: cada um deve levar até a sua clínica ou hospital os bons feridos, ou seja, os ricos. Para identificá-los, dispõem de uma série de normas, mas, na ausência de indícios flagrantes, recorrem a um expediente conhecido: os sapatos. Nos sapatos se revela de forma inequívoca a situação social da vítima. A um ferido que calça sapatos velhos e sem marca conhecida, preferem o que usa Charles Jourdan. Esse é só um caso. Há coisas piores: as instruções que as enfermeiras recebem para que ninguém veja a morte de um paciente. Nas salas comuns, colocam biombos de ambos os lados do doente grave. Mas quando se aproxima o momento definitivo, colocam-no em uma maca com rodinhas e começam a passeá-lo pelos corredores enquanto ele agoniza e se debate. Quando vai expirar, o que fazem com ele? Uma enfermeira me disse: "Discretamente o empurramos até os chuveiros."

126

Meu erro foi querer observar as entranhas das coisas, esquecendo o preceito de Joubert: "Evite fuçar debaixo das fundações." Como o menino que quebra o brinquedo, não descubro debaixo da forma admirável nada além do vil mecanismo. E, ao mesmo tempo em que estrago o objeto, destruo a ilusão.

127

Da impossibilidade de curar os vícios. Quando contraímos um vício, é para sempre. A essência do vício é ser incorrigível. Explicação psicanalítica do vício: alguma frustração, amorosa, social, sexual, intelectual. A terapêutica consistirá não em atacar o vício, e sim em impedir a frustração. Ver as fotografias publicitárias dos homens que se *livraram* da morfina, do álcool etc.: têm cara de perfeitos cretinos.

128

Há uma semana foi uma velha do último andar, dias atrás o porteiro do edifício, ontem o vizinho lá de cima: regularmente esta casa vai evacuando seus mortos. Eles viam pela janela a praça que eu vejo, empurravam com as mãos o portão que eu empurro, subiam com os pés a escada que eu subo, cumprimentavam com *"Bonjour"* os inquilinos que eu cumprimento. Agora nem veem, nem empurram, nem sobem, nem cumprimentam. E não aconteceu nada.

129

Há vezes em que o itinerário que habitualmente seguimos, sem maiores contratempos, é invadido por toda classe de obstáculos: um enorme caminhão nos impede de atravessar a rua, um táxi está a ponto de nos atropelar, um velho gordo de bengala e bolsa obstrui toda a calçada, uma vala que no dia anterior não estava lá nos obriga a fazer um desvio, um cachorro sai de um portão e late, só topamos com semáforos vermelhos nos cruzamentos, começa a chover e não trouxemos guarda-chuva, lembramos que esquecemos a carteira em casa, algum imbecil que queremos evitar nos aborda, enfim, todos aqueles pequenos acidentes que ao longo de um mês acontecem isoladamente, agora se concentram em uma só viagem, por uma falha no mecanismo das probabilidades, como acontece quando na roleta sai vinte vezes seguidas a cor negra. Extrapolando essa observação de um único dia para a escala de uma vida inteira, é essa falha o que diferencia a felicidade da infelicidade. Alguns têm um dia ruim assim como outros têm uma vida ruim.

130

A espécie humana tem suas certezas, que poderíamos chamar de extraindividuais, pois são repetidas, quase com as mesmas palavras, por autores separados não apenas por séculos, mas também por milênios. Sêneca, Manrique, Montaigne, Quevedo, Heidegger, para citar só alguns, insistem em nos lembrar de uma verdade essencial, que com frequência esquecemos: a presença da morte em nossa vida. Citarei só Montaigne, pois resume o sentimento de todos na forma mais clássica e ao mesmo tempo mais moderna: "Desde o dia do nosso nascimento, nos encaminhamos para a morte... Tudo o que você viver será roubado da vida, e às custas dela... Você está na morte enquanto estiver na vida." E um parágrafo que transcrevo na íntegra, pois ao mesmo instrui e consola: "Ninguém morre antes de sua hora. O tempo que você perderá ao morrer pertence tão pouco a você como o que transcorreu antes do seu nascimento."

131

A crítica não se opõe necessariamente à criação, e conhecem-se casos de criadores que foram excelentes críticos, e vice-versa. Mas *geralmente* ambas as atividades não se dão juntas, pois o que as separa é uma maneira diferente de operar sobre a realidade. Agora que li as atas de um colóquio sobre Flaubert fiquei assombrado com o saber, a inteligência, a penetração, a sutileza e até a elegância dos participantes, mas ao mesmo tempo pensava: "Estes homens que desmontaram tão lucidamente a obra de Flaubert, daqui a cinco ou dez anos ninguém vai ler. Um só parágrafo de Flaubert, ou melhor, uma só de suas metáforas tem mais potencial de duração que estes laboriosos trabalhos." Por quê? Só posso aventurar uma explicação: os críticos trabalham com conceitos, e os criadores, com formas. Os conceitos passam, as formas permanecem.

132

Emerjo de minhas leituras sobre o jansenismo para folhear os jornais de hoje e me pergunto que relação pode haver entre essas querelas teológicas que duraram séculos, imbricando-se cada vez mais com problemas políticos e econômicos, e o que está acontecendo no mundo atual: Portugal, Angola, Líbano, Argentina etc. E penso que há um vínculo secreto entre as lutas antigas e as atuais, que estas não são nada além da continuação das pretéritas, sob diferentes nomes, ideais e pretextos. A priori poderíamos dizer que os problemas da graça, do livre-arbítrio, da predestinação não têm hoje nenhuma validade. Mas será que daqui a alguns séculos ainda serão válidos conceitos como livre empresa, luta de classes, sistema parlamentar, meios de produção, eleições democráticas? Provavelmente sim, mas dentro de um contexto tão diferente que será preciso ser adivinho para se dar conta de que o combate continua sendo o mesmo.

133

Espetáculo: pela longa rua deserta, no meio-dia canicular, quando todas as lojas estão fechadas, passa um homem distinto, corpulento, calvo, de paletó e gravata, correndo a uma velocidade vertiginosa para o seu tamanho, ofegante, banhado de suor e levando na mão uma maleta. Os raros transeuntes pararam para olhá-lo, pois se tratava de uma corrida desesperada e, o que é pior, sem destino nem objetivo visíveis. Por ali não havia pontos de táxi e ônibus nem estações de metrô, nem ninguém o perseguia, nem ele andava atrás de alguém. Era um louco? Um fanático da velocidade? Estava pagando uma aposta? Teria imposto a si mesmo uma penitência? Fugia de algum demônio interior? Alguma urgente necessidade corporal o atormentava? Esperava chegar a tempo a um encontro amoroso que decidiria sua vida? Era apenas um farsante que queria deixar perplexas suas eventuais testemunhas? Como diz Brecht em um poema famoso, "tantas perguntas, tantas respostas".

134

Nada me incomoda mais do que ser considerado algum dia um modelo de estoicismo. Ou modelo de qualquer coisa. Detesto os conselhos e os paradigmas. Com relação aos estoicos, admito que leio com prazer Marco Aurélio e sobretudo Epiteto, e reconheço neles virtudes ou axiomas que adoraria ter inventado. Mas sinto-os distantes de mim em muitos aspectos. A religiosidade do primeiro me incomoda, assim como o conformismo do segundo. E, em ambos, a falta de sensualidade. Em mim há um traço de primitivismo ou de descontrole que me conduz frequentemente ao excesso, e que uma saúde deficiente, mais que uma determinação da minha inteligência, me forçou a ir sufocando. Sou um hedonista frustrado.

135

Os conquistadores da América encontraram o que estavam buscando: ouro em quantidades nunca vistas, terras férteis e extensíssimas, servos que trabalharam para eles durante séculos. Encontraram também muitas coisas que não estavam buscando e que modificaram o regime alimentar da humanidade: a batata, o milho, o tomate. Mas, de contrabando, os vencidos lhes deram outro produto que foi sua vingança: o tabaco. E foram-nos envenenando pelo resto de sua história.

136

Quando alguém fica sabendo que vivi em Paris quase vinte anos, sempre me diz que devo gostar muito dessa cidade. E nunca sei o que responder. Não sei se na realidade gosto de Paris, como não sei se gosto de Lima. Só o que sei é que tanto Paris como Lima estão para mim além do *gosto*. Não posso julgar essas cidades por seus monumentos, seu clima, sua gente, seu ambiente, como posso fazê-lo com cidades onde estive de passagem e dizer, por exemplo, que gostei de Toledo, mas não de Frankfurt. É que tanto Paris como Lima não são para mim objetos de contemplação, e sim conquistas da minha experiência. Estão dentro de mim, como meus pulmões ou meu pâncreas, sobre os quais não tenho a menor apreciação estética. Só posso dizer que me pertencem.

137

A literatura é, além de outras coisas, um modelo de conduta. Seus princípios podem ser extrapolados para todas as atividades da vida. Agora, por exemplo, para poder subir os mil degraus da praia de Los Farallones, tive que aplicar uma dedicação literária. Quando avistei lá no alto o inacessível belvedere, me senti tão prostrado que era impossível dar um passo. Então olhei para baixo e fui construindo meu caminho degrau a degrau, como construo minhas frases, palavra sobre palavra.

138

Durante dez anos, enquanto trabalhava na Agência, fui quase todos os dias aos jardins do Palais Royal, para caminhar por suas arcadas durante alguns minutos, antes ou depois do almoço e, quando não tinha dinheiro, em vez do almoço. E o que ficou em mim desses passeios, santo Deus, o que ficou em mim? Para que serviu esse investimento de centenas e centenas de horas da minha vida? Para nada, a não ser deixar em minha memória uma espécie de desenho idiota e preciso como um cartão-postal. Temos uma concepção finalista de nossa vida e acreditamos que todos os nossos atos, sobretudo os que se repetem, têm um significado escondido e devem dar algum fruto. Mas não é assim. A maior parte de nossos atos é inútil, estéril. Nossa vida está tecida com essa trama cinzenta e sem relevo e só aqui e ali surge de repente uma flor, uma figura. Talvez nossos únicos atos valiosos e fecundos sejam as palavras ternas que pronunciamos alguma vez, algum gesto arrojado que tivemos, uma carícia distraída, as horas empregadas para ler ou escrever um livro. E mais nada.

139

Vejo passar pela Place Falguière um rapaz barbudo que leva uma adolescente em uma moto, e penso: esta é uma das coisas que já não poderei fazer! Mas há outras também que serão meus sonhos irrealizados: percorrer a pé parte da França, Itália e Espanha, conhecer Cuzco, fazer novamente a viagem a cavalo entre Santiago de Chuco e a fazenda Tulpo, morar um tempo em metrópoles como Nova York ou Moscou, aprender a tocar piano, navegar em um veleiro até uma ilha ou praia deserta, ter outro filho, terminar minha vida em um velho casebre do calçadão de Miraflores. E teria bastado tão pouco para que isto fosse possível! Por exemplo, que minha prece desta tarde fosse realizada, quando vi passar pela praça um fornido operário, e roguei: seu estômago por quarenta anos de leituras.

140

Nossa vida depende às vezes de detalhes insignificantes. Por um defeito momentâneo no telefone não recebemos a ligação que esperávamos, por não recebê-la perdemos para sempre o contato com uma pessoa que nos interessava, ao perdê-lo nos privamos de uma relação capaz de nos transformar, ao sermos privados dela desaparece uma fonte de prazer, de inovação e de enriquecimento, ao desaparecer bloqueamos a única alternativa verdadeiramente fecunda que o mundo nos oferecia, ao bloquearmos voltamos ao ponto de partida: o de quem espera a ligação que nunca chegará.

141

A vida nos dá e nos tira, mas há momentos em que fazemos por merecer, ou seja, em que depende de nós que ela continue ou que cesse. E digo isso ao recordar aquela noite atroz no hospital, na qual eu chorava desamparado, sentindo-me perdido e sem nenhum socorro possível, pois havia dias não dormia, meu corpo se evaporava na transpiração, tubos e sondas saíam do nariz, da boca, do reto, da uretra, das veias, do tórax. Desejava que acabassem com tudo, e antes de tudo com meu próprio sofrimento. Uma enfermeira veio protestar por causa dos meus gritos e destemperadamente me fez calar a boca. Como os doentes viram crianças, obedeci e fiquei flutuando no silêncio noturno. De repente, vi pela janela que começava a amanhecer, e escutei muito tenuemente o canto dos passarinhos. A primavera se aproximava. Sabia que no hospital havia um pátio arborizado e imaginei que as primeiras folhas estivessem por brotar. E foi uma folha o que me segurou. Queria vê-la. Não podia morrer sem deixar esse quarto e retornar, mesmo que fosse de passagem, à natureza. Ver essa folha verde recortada contra o céu. Que absurdo raciocínio me fazia acreditar que a minha vida dependia da visão dessa folha verde? E me esforcei, resisti, lutei para que chegasse o dia e me permitissem contemplar o pátio pela janela. O médico deu a autorização depois de alguns dias. Desceram-me pelo elevador em uma maca. E quando cheguei ao pátio vi as árvores implacavelmente peladas, mas no galho de uma delas havia brotado uma folha. Pequeniníssima, translúcida, recortada contra o céu, milagrosa folha verde.

142

A ostentação literária de muitos escritores latino-americanos. Seu complexo de terem nascido em zonas periféricas, subdesenvolvidas, e seu temor de serem considerados incultos. A vontade de provar alguma coisa com suas obras, cafonérrimas. Provar que também podem englobar toda a cultura – que cultura? Como se só existisse uma cultura! – e expressá-la em uma folha enciclopédica que resuma vinte séculos de história. Aspecto *novo-rico* de suas obras: palacetes heteróclitos, monstruosos, exagerados, como a vestimenta que o imigrante africano ou o suburbano parisiense exibe aos domingos para passear pelos grandes bulevares. Seu próprio brilho os deprecia.

143

De repente o céu de Paris se cobre, a tarde escurece e no interior da casa se instala essa penumbra espessa que só vi nas velhas fazendas da serra encharcadas pela chuva. Que saudade invencível quando me lembro, então, de Tulpo, El Tambo, Conocancha, os casarões andinos por onde andei quando era menino e adolescente! Abrir a porta para o descampado era penetrar no coração do país e no coração da aventura, sem que nada me separasse da realidade, nem a memória, nem as ideias, nem os livros. Tudo era natural, direto, novo e imediato. Agora, ao contrário, não há porta que eu abra que não me afaste de algo e não me afunde mais profundamente em mim mesmo.

144

Nunca poderemos saber como víamos a cidade sonhada à qual um dia acabamos chegando. Como era a Paris que eu imaginava quando era adolescente? Sem dúvida existia alguma imagem, mas minha experiência da cidade acabou apagando-a completamente. Agora mesmo não consigo me lembrar como via um mês atrás a praia de Carboneras (e estou convencido de que a *via* todos os dias que antecederam a viagem), mas depois a conheci e trouxe dela uma memória do vivido que cobriu a memória do imaginado. Falo de cidades, mas isso pode ser aplicado a pessoas, obras de arte, objetos. Antes de conhecer Samuel Beckett, de ver um quadro de Bacon ou de comer um camembert, eu tinha disso tudo uma imagem aproximada ou errada. Onde está essa imagem? É inútil indagar, não sobrou nada. Construções de nossa imaginação, elas só existem provisoriamente porque são falsas, e se retiram para sempre quando aparece o verdadeiro modelo.

145

O amor, para existir, não requer necessariamente o consentimento, nem sequer o conhecimento do ser amado. Podemos gostar de uma pessoa que nos despreza ou até mesmo nos ignora. A amizade, ao contrário, exige a reciprocidade, não se pode ser amigo de quem não é nosso amigo. Amizade, sentimento solidário; amor, solitário. Superioridade da amizade.

146

Em uma tribo amazônica descrita por Lévi-Strauss, o chefe tem uma série de obrigações penosas que, aparentemente, estão em contradição com sua hierarquia: participa nos trabalhos comunitários como qualquer um, em caso de guerra tem que estar na linha de frente expondo sua vida, tem o dever de distribuir anualmente seus bens entre seus súditos. Mas, como compensação por todos esses fardos, goza de um só privilégio: é o único, nesta tribo monogâmica, que tem direito a possuir várias mulheres. Nisso reside sua majestade. Poder = sexo.

147

Há manhãs em que me levanto, olho pela janela, vejo a cara do dia e me recuso terminantemente a recebê-lo. Há algo nele de nebuloso, de dissimulado, de mesquinho, de hipócrita que não me deixa aceitá-lo. São os dias credores, os que chegam para nos tirar algo e não para nos trazer algo. Bato então a porta em sua cara, como se fosse um desses vendedores de quinquilharias ou esses velhos conhecidos que aparecem sem avisar, pedindo nossa assinatura em algum manifesto ou tentando reavivar uma amizade já extinta. Dias lacrados, mortos, transcorrem fora de nossa vida e nos confinam à elucubração e ao silêncio. Mas a eles devemos talvez o melhor de nós mesmos.

148

Meu capital de vida já foi gasto e estou vivendo a crédito. Crédito que o destino me deu por distração, por piedade, por curiosidade. Mas a qualquer momento, quando for receber meus proventos, ou, melhor dizendo, meus vencimentos, encontrarei o caixa fechado e na parede o mesmo anúncio de qualquer vendinha vulgar: "*La maison ne fait plus de crédit.*" Então, tchau, vida minha.

149

Imaginar um livro que seja da primeira à última página um manual de sabedoria, uma fonte de alegria, uma caixa de surpresas, um guia de conduta, um presente para os estetas, um enigma para os críticos, um consolo para os infelizes e uma arma para os impacientes. Por que não escrevê-lo? Sim, mas como? E para quê?

150

Acordo às vezes minado pela dúvida e acho que tudo o que escrevi é falso. A vida é linda, o amor é um manancial de prazer, as palavras são tão verdadeiras como as coisas, nosso pensamento é diáfano, o mundo é inteligível, o que nós fazemos é útil, a grande aventura do ser. Nada, por consequência, será desperdício: o fuzilado não morreu em vão, valeu a pena o tenor ter cantado esse bolero, o crepúsculo fugaz enriqueceu um contemplativo, não perdeu seu tempo o adolescente que escreveu um soneto, não importa que o pintor não tenha vendido seu quadro, louvado seja o curso ditado pelo professor de província, os manifestantes dispersados pela polícia transformaram o mundo, o cozido que comi no restaurante da cidadezinha do interior é tão memorável como o teorema de Pitágoras, a catedral de Chartres não poderá ser destruída nem mesmo pela sua destruição. Cada pessoa, cada fato é o nó necessário para o esplendor da tapeçaria. Tudo se inscreve como crédito no livro-caixa da vida.

151

Bebendo vinho neste ensolarado porém fresco entardecer de verão. Sem vontade nem satisfação, só para neutralizar uma nova onda de melancolia vespertina. Tentei limpar o tapete do quarto, mas dez minutos depois joguei a toalha, ou melhor, a escovinha, com a língua de fora e o ânimo no chão. Coloquei meus discos de música barroca, mas nem Teleman, Purcell, Tartini, Marcello, Couperin, me devolveram o sopro vital. Reproduzi uma partida de xadrez Karpov-Kortchnoi, descobrindo erros imperdoáveis neste último, que naturalmente perdeu. Comecei a ler um artigo sobre informática, mas me dei conta que não estava entendendo nada e xinguei o autor, em lugar de reconhecer minha ignorância. Dei um pulo na cozinha para ver o que havia para fazer por lá e esfreguei com uma esponja, desesperadamente, um pedaço de parede sujo, sem resultados perceptíveis. Joguei longe a esponja, desta vez literalmente. Dei uma patada no meu gato e depois lhe dei comida, como justa compensação. Reli uma carta e me preparei para respondê-la, mas logo desisti, pois não me sentia em forma epistolar. Olhei da sacada e vi na Place Falguière o eminente orientalista doutor Fernando Tola, mas evidentemente se tratava de um babaca francês qualquer, de óculos e ar intelectual. Finalmente, abri um Bordeaux, provei uma taça e gostei. Passeei pelo escritório fumando, sem saber o que fazer, me servi outra taça e aportei na escrivaninha para escrever esta página.

152

Tentativa de ler romances completamente diferentes, desde o de um autor francês muito renomado, Michel Tournier, até autores latino-americanos desconhecidos, como meu velho amigo R. R. Esforçado, me empenho em avançar e me interessar pelo que eles dizem. A que se deve isso?, me pergunto. Talvez ao fato de ambos serem escritores louváveis, mas não grandes escritores. Em Tournier (*Le Roi des aulnes*) há algo que me irrita. É um homem cheio de ideias, ideias demais. Filósofo que virou romancista, e já sabemos no que isso costuma dar. R. R. (*El bonche*), ao contrário, aventureiro metido a literato, nos atira na cara seus escritos, como se fossem um pedaço de carne crua. Ambos encarnam defeitos que acometem os narradores contemporâneos. Defeitos diferentes: o homem que chega ao romance vindo da universidade, e o que chega a ele vindo da vida. O primeiro me incomoda por seu afã excessivo de se mostrar inteligente, o segundo por dissimular isso e aparecer como o homem vital que está cagando para tudo e todos. Mas um romance é outra coisa e ambos, somando suas qualidades, com certeza teriam formado um romancista ideal. Defeito comum: acreditar que é possível chegar ao romance zombando do romance, o primeiro valendo-se de seu *savoir-faire* e seu propósito metafísico, o segundo de seu desdém pela literatura. Quando, na realidade, só é possível ser um grande romancista quando não queremos escrever mais nada além de um romance, com todos os riscos que isso implica, quando o respeitamos e admitimos antecipadamente a possibilidade do fracasso, sem desculpas nem defesa possível, pois do contrário o romance acaba zombando de nós.

153

O filósofo chinês Shi-King, do século XVI antes de nossa era, diz em seu *Livro das odes*: "Uma mancha sobre o jade branco pode ser apagada, mas um deslize de linguagem não pode ser corrigido nunca." O poeta Horácio, do século I antes de Cristo, diz em sua *Arte poética*: "A palavra, uma vez emitida, jamais volta atrás." Ambas as frases nos surpreendem pelo caráter irremediável que atribuem à ligeireza ou descuido na hora de se expressar. O filósofo chinês, com o respeito que tinham os letrados orientais pela correção gramatical, enfatiza a observância das regras do idioma e considera irredimível qualquer transgressão delas. O poeta latino se refere antes à linguagem oral e, mais que ao cuidado com a forma, às repercussões do conteúdo. É por isso que fala de "palavra emitida", a voz lançada ao vento, impossível de se recuperar depois de pronunciada. Ambas as sentenças são uma lição que nos convida a refletir antes de escrever ou falar, lição infelizmente pouco seguida.

154

É comum pensar que o dinheiro não traz felicidade, o que é verdadeiro e é falso. Verdadeiro, na medida em que a felicidade absoluta não existe e nada, por consequência, nem o dinheiro, poderá proporcioná-la. Falso, pois o dinheiro soluciona todos esses incontáveis problemas e contratempos cotidianos e materiais que atrapalham a humanidade – o que já é muita coisa –, nos permite realizar certos sonhos, satisfazer certos caprichos e reduzir realmente ao mínimo o que é realmente irrealizável. Se não nos torna totalmente felizes, nos dá ao menos a possibilidade de tentar sê-lo e, em grande parte, consegue. Por isso, é um erro – e os ricos devem saber disso e fomentar essa prática – desdenhar o dinheiro. Paul Getty, que foi na sua época o homem mais rico do mundo, dizia que há três coisas que o dinheiro não podia trazer: a saúde, a cultura, o amor. Resposta curiosa e que, examinada bem, resulta justa. A saúde, posto que, se estivermos gravemente doentes, não há hospital, médico, tratamento nem droga que possa nos curar; a cultura, já que ela não se compra, e sim se adquire através do esforço pessoal, e o próprio Getty sabia disso, pois, apesar de estar rodeado de quadros e objetos de arte preciosos, não era um homem culto; o amor, o que merece um comentário, pois o dinheiro pode nos conceder pela vida inteira o corpo de uma ou de cem mulheres, mas não o seu afeto nem a sua paixão. Mas, apesar disso, o dinheiro suaviza, dissimula ou compensa essas falhas; se não nos devolve a saúde, permite tornar menos dolorosa a doença; se não nos dá a cultura, permite que nos rodeemos de todos os sinais exteriores dela; se não nos traz o amor, nos proporciona o prazer dos sentidos e a simulação do afeto amoroso.

155

A biblioteca pessoal é um anacronismo. Ocupa espaço demais em casas cada vez menores, custa muito formá-la, nunca é realmente aproveitada em proporção ao seu custo ou volume. Um livro lido, além disso, já não está em nosso espírito, sem ocupar espaço? Para que conservá-lo, então? E não são abundantes agora as bibliotecas públicas, nas quais podemos encontrar não só o que queremos, mas também mais do que queremos? A biblioteca pessoal responde a circunstâncias de tempos idos: quando se vivia em castelos ou casarões, nos quais, devido ao isolamento do mundo, era necessário ter o mundo à mão, encadernado; quando os livros eram raros e frequentemente únicos, e era imperioso possuir o cobiçado incunábulo; quando as ciências e as artes evoluíam com menos prontidão e o que os livros continham podia continuar a ter validade durante várias gerações; quando a família era mais estável e sedentária, e uma biblioteca podia ser transmitida no mesmo endereço e quarto e armários sem perigo de dispersão. Essas circunstâncias já não ocorrem. E, no entanto, há loucos que gostariam de ter todos os livros do mundo. Porque são preguiçosos demais para ir até as bibliotecas públicas; porque acham que basta olhar a lombada de uma coleção para considerar que ela já foi lida; porque têm vocação de coveiro e gostam de estar rodeados de mortos; porque nos atrai o objeto em si, não importa o seu conteúdo, cheirá-lo, acariciá-lo. Porque acreditamos, contra todas as evidências, que o livro é uma garantia de imortalidade e que formar uma biblioteca é como edificar um cemitério no qual gostaríamos de deixar reservada nossa sepultura.

156

Lendo um livro de Lezama Lima, percebo uma das características do barroco: o predomínio da forma sobre a função. Para Lezama, a narrativa é um pretexto para desfraldar figuras ornamentais, muitas de grande beleza e necessidade, outras menos bem-sucedidas ou supérfluas. Para ele, são secundárias a estrutura, a economia, a tensão, a progressão da narrativa. Apenas espaço destinado aos ornamentos verbais.

157

Primeiro de maio cinzento, murcho. Cidade morta. Quarteirões e quarteirões até encontrar uma loja aberta onde pudesse comprar uma dúzia de ovos. Alguns vizinhos voltam com sua baguete, encontrada não se sabe onde. Na Place Falguière, vejo um caracol que atravessa a rua penosamente. Chegou à metade e ainda não foi esmagado por um carro. O tráfego é quase inexistente, mas de quando em quando passa um veículo. Será que o caracol sabe disso?

O caracol não sabe nem sequer que é primeiro de maio. Por isso – não com a mão, pois tenho nojo da viscosidade –, levo-o com meu lenço até a calçada. Certamente ali não será esmagado por um carro, e sim por um proletário. De qualquer modo, seus minutos estão contados. Aonde queria ir, o coitado? Quem estaria à sua espera? O que tramava em sua minúscula imaginação? Bichinho desamparado, como você, como eu, como qualquer um.

158

Nada me intriga mais do que esses minúsculos escritórios que encontro com frequência em meus passeios por ruelas pouco transitadas de Paris e que só apresentam como marca distintiva este rótulo: "Bureau de Recherches." De *recherches*, sim, mas que *recherches*? Impossível saber, se nos limitamos ao que dá para ver pela janela ou porta envidraçada: estantes cheias de fichários e maços de papel, um par de cadeiras velhas, uma mesinha baixa com cinzeiros e revistas e uma escrivaninha atrás da qual geralmente está sentado um velhote, perdido em uma espécie de meditação imemorial que quase o petrificou. Para dissipar o enigma, o lúcido seria entrar, mas com que propósito? Eu hesitaria entre pedir que encontrem um lugar para eu morar, me aconselhem como investir um pequeno pecúlio, consigam-me um livro raro, localizem-me um parente perdido, desenhem-me a planta de uma casa ou façam um estudo de mercado para eu lançar algum produto. Talvez esse homem seja capaz de fazer tudo isso, mais do que isso ou nada disso. Mas o mais provável é que tenha chegado a tal grau, perfeito, de inatividade que a aparição de um cliente seja uma emoção forte demais para suportar.

159

Tenho que reprimir em mim uma tendência cada vez mais acentuada para a caridade, que me conduz a uma santidade secreta e sem esplendor. Santidade suspeita, ainda por cima, pois, como diz Melville, não faço nada além de "reservar guloseimas para minha consciência". Agora, por exemplo, dedicar à zeladora cinco minutos de conversa, quando em casa me aguardavam trabalho e preocupações. Simplesmente porque me deu pena vê-la sozinha em sua *loge* e pensei que a única coisa que ela esperava, o que poderia iluminar seu dia declinante, minado por tantos afazeres, era as palavras de um inquilino. E as palavras que ela aguardava: sobre o mau tempo, a carestia de tudo etc. Recebeu a conversa com entusiasmo, seus olhinhos brilharam, se desenrugou, algo que nela estava extinto começou a fulgurar, e não duvido que, na hora de dormir, ela achará menos sujas as paredes de seu quarto e menos fria sua cama de horrível velha viúva.

160

O amante não é nada além de um fantoche, um intruso que acha que conquistou o castelo quando na verdade só escalou um muro do qual, cedo ou tarde, vai cair e quebrar o pescoço. O marido não perde as estribeiras com essas incursões, pelo contrário, as tolera e até as aprova. Não só por uma razão de equidade e reciprocidade – posto que ele também é amante em relação a outros maridos –, mas também porque esses deslizes são necessários para a estabilidade da instituição matrimonial. Os amantes permitem esvaziar tensões e problemas que ameaçam a vida conjugal e atuam como cândidos agentes da moral burguesa, pois consolidam a existência de lares que, sem eles, naufragariam. Além do fato que o marido sempre descobre as cartas ridículas, o que lhe proporciona momentos de impagável prazer, fortalece sua autoridade marital e confirma toda a tristeza e a desolação do amante que, nesta história, é no fim das contas o verdadeiro cornudo.

161

Costume de jogar minhas guimbas pela sacada, em plena Place Falguière, quando estou apoiado na grade e não há ninguém na calçada. Por isso me irrita ver alguém parado ali quando vou executar esse gesto. "Que diabos está fazendo esse cara no meu cinzeiro?", me pergunto.

162

O homem que enquanto cai no abismo tem ânimo para admirar a rosa que floresce entre as pedras. O homem que enquanto sobe o Olimpo solta uma lágrima pelo falcãozinho caolho que cruza com ele em pleno voo. Imagens edificantes. Imagens edificantes me enchem o saco.

163

Por isso mesmo, porque sabemos que a vida é feia, dura, cruel, passageira, devemos tentar preservar e glorificar esses momentos de prazer ou de satisfação que recebemos sem ter pedido, geralmente misturados com os restos do pão nosso de cada dia. Esta tarde de outono, por exemplo, áurea, flamboyant, culminação de uma esplêndida manhã de sol, inesperada, luminosa, que nos consola de um verão ruim, embora pressagie um duríssimo inverno. Esta tarde derradeira, pude apanhá-la em pleno voo e embarcar-me nela em plácidas tarefas, sair, caminhar, olhar, regressar, ler, escrever. E ao anoitecer, pedi ao meu filho que fosse no meu lugar a um compromisso que não me apetecia comparecer. Vê-lo colocar seu terno de veludo azul, dar o nó na gravata, pentear-se e sair de braço dado com sua mãe, de quem já está meia cabeça mais alto. Da sacada, eu pensava: "Qual é o sentido, que diabos estou fazendo aqui, envelhecido e doente, entediado e cansado, se minha cópia sai pelo mundo, com o corpo limpo e espírito são, e se aventura tão alegremente pelo desconhecido?"

164

O casalzinho modesto que faz fila diante do guichê de cobrança para resolver a conta do telefone que foi cortado por falta de pagamento. Humilhados por se encontrarem nessa situação, mas dispostos a salvar sua dignidade às custas de alguma fanfarronice. Ao chegar diante do funcionário, para entregar seu cheque, dizem: "O senhor entende, essas contas pequenas a gente acaba esquecendo. Quando a gente precisa fazer pagamentos mais graúdos, as prestações da casa de campo, do carro. A gente não pode pensar em tudo! Qualquer um pode se distrair." O funcionário faz que sim com a cabeça, com benevolência. Talvez já tenha escutado esse discurso milhares de vezes, o discurso do pobre inconformado.

165

Visão de uma lhama na Rue de Sèvres, de uma lhama cativa, explorada por alguns saltimbancos. Até agora tinha visto ursos, cabras e macacos nestes espetáculos de rua, mas nunca uma lhama. Prenúncio do que nos espera: nossa cultura, nossos símbolos ou, se preferirmos, os símbolos da nossa cultura, transformados em objetos circenses, em bugigangas de praça pública. A lhaminha branca, de olhos azulíssimos, usava um coleira com horríveis flores de plástico e olhava assustada o tráfego, perguntando-se que diabos fazia ali, tão longe de suas planícies andinas. Pobre bichinho peruano! Nas suas pradarias a vida também não é fácil, você leva pesadas cargas, escala encostas íngremes. Mas não é um estrangeiro.

166

O padreco-professor de colégio andino que encontrei na Feira de Huanta. Não sei como, terminamos almoçando e tomando cerveja juntos em um armazém campestre. "Julio Ramón Ribeyro", ele dizia enquanto me olhava extasiado, "quem diria!" Estas e outras frases do mesmo gênero ("Parece mentira! Julio Ramón Ribeyro!") pontuaram nosso encontro. Quando nos despedimos, ao apertar minha mão calorosamente, acrescentou: "Quem diria que almocei com o autor de *Batismo de fogo!*" Fiquei bobo. Tudo havia sido um engano. Não desfiz o engano, para quê? Que ele achasse que, além de tudo, eu tivesse escrito o romance de Vargas Llosa, me pareceu lisonjeiro. Que mais tarde descobrisse seu erro e me tomasse por um impostor, pouco me importa.

167

Essas velhas casas de Paris, em bairros descuidados e esquecidos, suas altas fachadas cinzentas, seus portões sujos, seus muros descascados, suas escadas sombrias. Imaginamos que elas não podem abrigar nada além da solidão, da vergonha, do desespero e da morte. E de repente se abrem de par em par os postigos de uma janela e aparecem sorridentes, abraçados, um casal de jovens amantes.

168

Entre elas, se chamam *pavitas* (peruazinhas), são lindas, têm dezoito anos, moram no mesmo bairro, encarnam toda a alegria e a juventude do mundo. A *pava* (perua) principal, a mais entusiasmada e bonita, é Roxana, morena, sólida de pernas e cadeiras, cabelo liso comprido cor de azeviche, olhos vivíssimos. Depois dela vêm Mariella, esbelta, lânguida e castanha; Fiorella, a única loura, de amendoados olhos verdes; e Carmen, pequena mas louquíssima, que se ufana de ter um nome italiano numa época em que esses nomes estão na moda.

Todas falam inglês, adoram música pop, usam bluejeans, sabem que são lindas, fazem sofrer seus namorados, olham a vida como uma apetecível maçã que só espera ser devorada com uma mordidela.

Reúnem-se na casa de Roxana falando como papagaios, deliciosamente cafonas ou profundas, falando da imortalidade da alma ou da melhor marca de absorventes, ou ficam em silêncio, deitadas no tapete, escutando um disco do Santana, passando às vezes de boca em boca um cigarrinho de maconha. Nenhuma delas trabalha, ou só faz isso em temporada. Um papai sacrificado, cinquentão, que vive babando por elas, dá duro no batente da manhã à noite para que não lhes falte nada, nem o chalé em Miraflores, nem o carro para levá-las às compras ou à praia, nem mesmo o pretendente que as levará ao altar sem que percam seu *standing*, papais jamais compreendidos, pobres papais solitários, que nada recebem delas, apenas um beijo ou uma carícia efêmera, e que estão condenados a morrer de um enfarte ou de um câncer no dia menos esperado, ainda por cima sem reclamar nunca, só para que possam existir as *pavitas*.

169

Escrevi duas cartas, saí para comprar algo para comer, pus uma cantata de Bach no toca-discos, tomei um copo de vinho, acendi um cigarro, me debrucei na sacada para ver o entardecer e de repente senti cair sobre mim toda a tristeza do mundo. O que eu estava fazendo ali, meu Deus, nesse final de sábado, sozinho, olhando a praça mutilada, com tão pouca vontade de viver? Onde estariam o fervoroso amor, a jubilosa amizade, o prazer duradouro? Logo estarei com 48 anos e continuo falando comigo mesmo, dando voltas em torno da minha imagem encurvada, roída pela ferrugem do tempo e pela desilusão. Frio, seco, oco, como uma lápide no mais insignificante dos cemitérios rústicos, minha própria lápide.

170

Um espelho quebrado, um padre, dois pombos mortos. Coisas que vi na rua quando ia para o escritório. Coisas que para mim são símbolos, com meu teimoso costume de acrescentar às coisas um significado ou extrair delas uma mensagem. Os pombos, em particular, me impressionaram. Sua morte era recente, pois jaziam sobre uma pequena poça de sangue fresco. Pensei: "Há alguns minutos estavam vivos, agora já não estão." A vida foi embora deles. Mas, para onde foi a vida? Imaginei a vida como algo exterior aos seres, algo que os preexiste, mas que precisa deles para se manifestar. Em outras palavras, que os seres – e o homem, naturalmente – são simples receptáculos da vida, que os utiliza como vasilhame. A vida está nos seres, mas os seres não são a vida.

171

Livros viscosos como pântanos, nos quais a gente afunda e suplica em vão que nos resgatem; livros secos, afiados, perigosos, que nos deixam cheios de cicatrizes; livros acolchoados, emborrachados, onde damos pulos e cambalhotas; livros-meteoro que nos transportam a regiões ignotas e nos permitem escutar a música das esferas; livros lisos e escorregadios onde patinamos e quebramos o pescoço; livros inexpugnáveis, em que não conseguimos entrar nem pelo centro, nem pela frente, nem por trás; livros tão claros que penetramos neles como se fossem de ar e, quando viramos a cara, não existem mais; livros-larva que deixam escutar sua voz anos depois de terem sido lidos; livros peludos e parrudos, que contam histórias peludas e parrudas; livros orquestrais, sinfônicos, corais, mas que parecem dirigidos pelo tambor principal da bandinha do interior; livros, livros, livros...

172

Uma casinha de adobe em uma praia perdida da costa peruana, onde eu possa viver em uma solidão seletiva – pois receberia algumas visitas ou teria às vezes um hóspede –, tomando sol, nadando um pouco, pescando com linha, balançando numa rede, olhando o pôr do sol, lendo qualquer coisa, escutando música – oh, como soariam os barrocos ao lado do agitado Pacífico! –, escrevendo sem nenhuma pressa, nem ambição, nem temor, enterrado, semeado entre as dunas e o mar. Poderia viver lá em uma espécie de atemporalidade ou de ilusória eternidade, e ir secando como uma folha caída, paulatinamente, sem dor nem angústia, até não ser nada além de mais um grão de areia. Esse desejo, suponho, tem raízes ancestrais ou responde, talvez, a impulsos da espécie, se não for antes um mito cultural ou reminiscência literária. A ilha deserta, o lugar recôndito, o cantinho ameno, são velhos temas filosóficos e artísticos. Que assumo consciente, fervorosamente.

173

Sentado na beirada do laguinho dos sapos, olhando o irrigador que rega a varanda dos trevos, ouvindo vir das arcadas os acordes da quarta sinfonia de Schumann, sabendo que cada objeto que me rodeia é precioso – seja cinzeiro, luminária, banquinho ou livro –, o objeto sonhado, buscado e encontrado, bebo em goles lentíssimos um Chianti clássico, Antinori 1963, e com ele a *dolce vita* do descanso e da abundância. Que mundo fantástico, o dos ricos! Eles dispõem não só do tempo, mas também do espaço. Na casa onde fomos convidados desfrutamos, em vários quilômetros ao redor, de todo o sol, de todas as colinas, de todo o silêncio, de toda a placidez, de todas as flores e de todos os frutos. As hostes dos pobres emergentes e tenazes, que neste momento transpiram nos vinte metros quadrados de um pedaço de cidade tórrida e suja, só nos alcançarão dentro de várias gerações, quando esta mansão for uma ruína e tiverem que construir outra com seus escombros.

174

Entardecer sobre o mar imóvel. Através dos biombos do hotel outonal, observo a praia deserta. Uma gaivota perdida bate as asas, buscando sua tribo. Um pescador solitário rema num barquinho distante. As nuvens púrpuras viram violeta. Que desperdício de espaço, de quietude, de harmonia e de silêncio! Ninguém além de mim para apreciá-los. A pena, a dor, sozinhos. Mas o prazer, só compartilhado.

175

Costumam recriminar os escritores por sua inclinação a tratar de temas sombrios, tristes, dramáticos, sórdidos e nunca ou quase nunca temas felizes. Não acho que isso seja fruto de uma preferência, e sim a impossibilidade de se desviar de um obstáculo. Acontece que a felicidade é indescritível, não se pode declinar a felicidade. É por isso que os contos populares e os contos para crianças — e até mesmo os filmes norte-americanos com happy end — terminam sempre com uma fórmula deste gênero: "Casaram-se e foram felizes para sempre." Aí o narrador para, pois já não há mais nada a dizer. Onde começa a felicidade, começa o silêncio.

176

A obstinação do mar em desfazer-se de algo que o atormenta. Quase uma hora empurrando para a beira da praia um objeto vermelho, grande, talvez mesa ou cadeira, caído de algum barco. Quando parecia que já ia encalhar na areia, a ressaca o puxava, o embalava por um momento, voltava a expulsá-lo em direção à praia, novamente o fisgava, uma e outra vez, até me deixar angustiado. O vento mudou de direção e o mar de correntes, e o objeto se afastou da beira da praia até desaparecer. Sensação como de alguém que quisesse comunicar uma mensagem e que acabou se calando.

177

Não morrer como um monarca, rodeado de cortesãos, esculápios, prelados e tabeliões; também não como qualquer pai de família, amparado pela mulher, filhos e parentes; nem sequer na frente de colegas e empregados, em pleno labor cotidiano; muito menos na rua, fulminado, entre pedestres curiosos, fugazes ou aterrorizados. Morrer como um animal ferido, nas profundezas do bosque, no coração da selva escura, sozinho, onde não adianta esperar socorro nem compaixão de ninguém.

178

Na meseta cinzenta, crepuscular e careca de Carboneras desliza ao longe uma mancha escura, acompanhada por uma melodia de chocalhos. Não é um sonho nem uma alucinação. Simplesmente um rebanho de cabras. Vai aumentando à medida que se aproxima, os sininhos retinem mais forte. Um pastor lá atrás solta gritos ancestrais. O rebanho ocupa a estrada, mas ao cabo de um curto trecho sobe pela colina íngreme. A cabra vai em direção ao monte. E o pastor também.

179

Costuma-se dizer quando há um verão muito quente, uma tempestade muito forte, um incêndio florestal devastador, que "nem os homens mais velhos do lugar" haviam visto algo parecido em sua vida. É falso, todo mundo viu as mesmas coisas e sofreu os mesmos desastres. O que acontece é que os velhos perderam a memória e o mundo também.

180

Não acho que para escrever seja necessário ir atrás de aventuras. A vida, nossa vida, é a única, a maior aventura. O papel de parede que vimos em nossa infância, uma árvore ao entardecer, o voo de um pássaro, aquele rosto que nos surpreendeu no bonde, podem ser mais importantes para nós que os grandes acontecimentos do mundo. Talvez, quando tivermos esquecido uma revolução, uma epidemia ou nossas piores vicissitudes, reste em nós a lembrança da parede, da árvore, do pássaro, do rosto. E se ficarem é porque algo os tornou memoráveis, algo havia neles de imorredouro, e a arte só se alimenta daquilo que continua vibrando em nossa memória.

181

Oh, os livros, sabem tanto e são tão silenciosos! Quando à noite percorro com o olhar as estantes da minha biblioteca e vejo-os alinhados, taciturnos, atrás de seus vidros corrediços, penso: como suplicam surdamente para que alguém os convoque! Eu sou Dom Quixote, parece dizer um, e fui encadernado com couro de vaca! Eu sou Balzac e escrevi a melhor *Comédia humana*! Eu sou Shakespeare, em edição bilíngue, e posso lhe oferecer o que quiser! E a gente se mantém impassível diante dessas súplicas. Amanhã, digo a eles, amanhã darei atenção a vocês, fiquem aí tranquilos, amanhã. Pobres livros! Pobres gênios! Amanhã, sim, mas hoje, para ler na cama, apanho a primeira revista ilustrada que encontro ao alcance da mão.

182

O artista genial não muda a realidade, o que ele muda é o nosso olhar. A realidade continua sendo a mesma, mas a vemos através de sua obra, ou seja, de um ponto de vista diferente. Este ponto de vista nos permite ter acesso a graus de complexidade, de sentido, de sutileza ou de esplendor que já estavam lá, na realidade, mas que não havíamos visto.

183

Entardecer, a casa solitária, saí para o jardim. A videira anêmica sobre o caramanchão. Os tocos que trepam pelo muro. As dálias beirando a grama. Os velhos ciprestes descuidados, desiguais, com teias de aranha entre seus galhos. A solitária magnólia. A sombra dos eucaliptos, em cuja folhagem canta uma rolinha. Uma estrela, duas, no céu ainda claro. Os sinos do parque, ao longe. Na grama, rastros amarelos de antigas, repetidas pisadas. Agradável brisa de outono. Paz, plenitude. E você não está aqui, não está mais!

184

A gente escreve dois ou três livros e depois passa a vida respondendo a perguntas e dando explicações sobre esses livros. O que prova que as pessoas se interessam tanto ou mais pelas opiniões do autor sobre seus livros do que pelos próprios livros. E, em grande parte por causa disso, não escrevem novos livros, ou então só escrevem livros sobre seus livros. Para neutralizar esse perigo, ter presente que uma boa obra não tem explicação, uma obra ruim não tem desculpa e uma obra medíocre carece de todo interesse. Por consequência, os comentários são inúteis.

185

As grandes espécies pré-diluvianas não se conservam apenas dissecadas nos museus de história natural. Elas subsistem ocultas em nossas próprias características. A linda moça solitária do café Select boceja, achando que ninguém a observa, e vejo aflorar em seu rosto o semblante do tiranossauro.

186

Pouco nos conhecemos, nunca nos conhecemos. De repente algo acontece em nossa vida e vemos irromper forças, sentimentos, pulsões que nunca achamos que estivessem dentro de nós: inveja, ciúme, raiva, ambição, cálculo, covardia, ódio, violência. Eu já desconfiava da fidelidade da memória e do imobilismo do passado, mas ainda acreditava na continuidade do caráter. Nem mesmo disto estamos seguros. De serenos podemos nos transformar em agitados, de tolerantes em fanáticos, de anjos em bestas. Estamos sempre expostos ao imprevisível. Nunca deixaremos de nos surpreender.

187

Essas horas usadas na espera – o quarto às escuras, fumando, a praça deserta –, essas horas subtraídas ao repouso, ao trabalho, ao prazer, ninguém me devolverá nem me recompensará. Horas sem companhia e sem testemunhas, só eu mesmo as conheço, horas mortas piores que a morte. Elas me cortaram em tábuas, me aplainaram, me transformaram em serragem imunda.

188

As palavras que calamos eram as que deveríamos ter pronunciado. Os gestos que guardamos por pudor eram os que deveríamos ter feito. Os atos que nos pareceram triviais eram os que se esperava de nós. Outras pessoas os fizeram em nosso lugar. Paguemos agora as consequências.

189

Não, não vale a pena aumentar o volume do concerto de Mozart para três pianos que você está escutando, até que as paredes tremam, até que vibrem os vidros da estante. Sua intensidade, seu brio, não calarão a melodia dolente que soa em você.

190

Esta manhã, ao sair à rua, o sol de janeiro, o sol de inverno, como um balão rampante sobre os tetos de Paris no ar glacial e translúcido. Pobre astro mendicante, pensei, tão luzidio no verão, tão orgulhoso e seguro de si, e agora você é encoberto por guindastes e chaminés, e sangra sem despertar piedade, como seu coração, como o meu!

191

Para chegar aonde você deve chegar, escolha as ruas por onde não sopre o gelado vento do norte. Mas só as ruas que conduzem a esse lugar são varridas pelo gelado vento do norte.

192

A carta que aguardamos com mais impaciência é a que nunca chega. Não fazemos outra coisa em nossas vidas além de esperá-la. E ela não chega não porque tenha se extraviado ou sido destruída, mas simplesmente porque nunca foi escrita.

193

Não, a moeda antiga que você tem guardada não é aquela que no último leilão público alcançou esse preço fabuloso. A sua é aquela rachada, feita em série, desvalorizada, falsa, aquela que ninguém vai querer comprar nem mesmo a peso, e que servirá apenas como suporte para um prego que vai segurar as tábuas de uma mesa desconjuntada.

194

Hoje, mais do que nunca, desejo de capitular, de pôr minha assinatura ao pé da página e me despedir de tudo. E ainda por cima sem motivo, pois foi um dia bastante memorável, realmente primaveril: sol, luz, ar quente, ausência de mal-estar, prazer de andar, respirar, observar. Mas entrelaçado com minhas ocupações e prazeres, em filigrana, uma voz, um chamado profundo, o retinir do sino que dobra por um morto: abandonar a partida na metade do jogo, mandar tudo para o diabo, bater a porta na cara do mundo. Por quê? Talvez porque cheguei ao máximo da minha elasticidade, já não posso dar nada melhor do que já dei, não sei o que fazer entre as pessoas e as coisas que me rodeiam, não tenho paciência para escrever mais uma linha sequer, nada desperta em mim uma curiosidade duradoura, não há probabilidade que retenha minha atenção. Enquanto caminhava aparentemente distraído pelos bulevares, escutava dentro de mim o refrão: "Já tá bom, já tá bom, coloque um pouco de ordem na sua tralha e vá embora de uma vez, sem cumprimentos nem reverências, como o figurante que desempenhou dignamente o seu papel."

195

Paradoxo: minha sobrevivência reside em ter me mantido até agora nos "umbrais da saúde". Bastaria atravessar esse umbral e recobrar o pleno usufruto do meu organismo para que o mal se faça novamente presente, pois ele prefere cevar-se em um corpo vigoroso. É a saúde o que me levaria à morte, e a doença o que me mantém vivo.

196

Não se deixar impressionar, governar, por aquilo que é passageiro. Esforçar-se para que toda determinação seja inspirada pelo essencial. Esforçar-se, por consequência, para saber o que é essencial. Esforçar-se, por consequência, para exercitar a razão. Esforçar-se, por consequência, para não levar em conta os sentimentos, porque não são duradouros nem razoáveis. Esforçar-se, por consequência, para não ser humano.

197

Há momentos em que o sofrimento alcança tal grau de incandescência que parece que nos cristaliza e nos torna, por isso, indestrutíveis.

198

Você ainda nem terminou de celebrar a primavera e já chegou o inverno. Você ficará, como seus livros, cheio de erratas, ninguém lhe entenderá. Ah, como eu queria ser uma dessas vilazinhas solares, ígneas, cercadas pela areia, imóveis, eternas sob a canícula!

199

Nunca consegui entender o mundo e vou-me embora dele levando uma imagem confusa. Outros puderam ou acharam que puderam montar o quebra-cabeça da realidade e conseguiram encontrar a figura escondida, mas eu vivi em meio às peças dispersas, sem saber onde colocá-las. Assim, viver foi para mim enfrentar-me com um jogo cujas regras fugiram de mim e, por consequência, não ter encontrado a solução para a adivinha. Por isso, o que escrevi foi uma tentativa de organizar a vida e tentar entendê-la, tentativa vã que culminou na elaboração de um inventário de enigmas. A culpa talvez seja da natureza da minha inteligência, que é uma inteligência dissociadora, habilidosa para expor problemas, mas incapaz de resolvê-los. Se alguma certeza adquiri, foi que não existem certezas. O que é uma boa definição do ceticismo.

200

A única maneira de continuar vivendo é manter serena a corda de nosso espírito, tenso o arco, apontando em direção ao futuro.

POSFÁCIO

200 princípios de liberdade
Paulo Roberto Pires

Julio Ramón Ribeyro (1929-1994) era peruano de Paris, como o foram tantos de seus contemporâneos, sul-americanos e escritores, e o conterrâneo Mario Vargas Llosa. Com o autor de *Conversa na catedral* dividiu os escritórios da France Press na Place de la Bourse, no início dos anos 1960, e pouco mais que isso. Da política à literatura, foram antípodas. Candidato conservador, derrotado, às eleições presidenciais do Peru em 1990, Vargas Llosa chegaria vinte anos mais tarde à máxima consagração da vida literária, o Nobel. Partidário inequívoco dos desvalidos e *gauches* que transformou em personagens, Ribeyro rompeu politicamente com aquele que já se firmava como o "grande nome" da literatura de seu país e foi aquinhoado em vida com um consistente porém discreto reconhecimento de seus pares. A posteridade, esta perversa, finalmente vem concedendo a ele o lugar que lhe é de direito e que por tanto tempo ficou submerso na maré que levou ao mundo os escritores de seu continente nos anos imediatamente anteriores e posteriores ao chamado *boom*.

Não é de todo surpreendente, ainda que espantoso, que *Prosas apátridas* seja traduzido para o português quatro décadas depois de publicado pela primeira vez. Afinal, só em 2007 Julio Ramón Ribeyro foi apresentado para valer ao público brasileiro com a antologia *Só para fumantes* (Cosac Naify). Se naquela reunião de treze contos fica patente o virtuosismo estilístico que faz dele um mestre no gênero – sua produção está hoje organizada num cartapácio de mais de mil páginas, *La palabra del mudo* –, os fragmentos aqui reunidos dão conta de sua radical originalidade. Não se espante, portanto, se você terminou a leitura com muitas páginas sublinhadas e que, muitas vezes, tenha vontade de voltar a elas. É assim mesmo.

Como esclarece na introdução, estes textos são "apátridas" por não encontrarem cidadania nos territórios bem demarcados dos gêneros literários. Seu lugar paradoxal está, eu diria, no intervalo entre eles: muitas vezes parecem breves ensaios; outras, entradas de um diário; aqui e ali insinuam-se como narrativas; muito frequentemente imagens enigmáticas encerram a conversa mal começada. Percorridos com ritmo – o que se faz, de preferência, de um só fôlego, pelo menos na primeira leitura – são um admirável exemplo da força e do desconcerto do fragmento literário, no fio da navalha entre a anotação solta, despretensiosa, e a meditada, porém oculta, arquitetura das constelações.

De estável e bem definido estas *Prosas apátridas* têm Paris, cenário das muitas situações vividas na cidade onde Ribeyro passou os momentos capitais de sua vida como estudante, boêmio, jornalista, adido cultural e representante do Peru na Unesco. De igual importância há, também, a memória onipresente de Lima, a cidade natal, onde boa parte de sua literatura é ambientada. "Tanto Paris como Lima não são para mim objetos de contemplação, e sim conquistas da minha experiência", escreve ele no fragmento 136. "Estão dentro de mim, como meus pulmões ou meu pâncreas, sobre os quais não tenho a menor apreciação estética. Só posso dizer que me pertencem."

A visceralidade dessas imagens não é, aqui, simples recurso retórico. Os fragmentos de *Prosas apátridas* são, todos eles, registros de lutas encarniçadas e essenciais: a do escritor contra a institucionalização da literatura e a de um homem angustiado contra o mundo que lhe parece quase sempre hostil. Um homem consciente de que, neste embate, sairá derrotado, e um escritor que acredita em pelo menos empatar o jogo. "Compreendi então que escrever, mais do que transmitir um conhecimento, é ter acesso a um conhecimento", escreve ele no fragmento 55. "O ato de escrever nos permite apreender uma realidade que até esse momento se apresentava de forma incompleta, velada, fugitiva ou caótica. Muitas coisas só são conhecidas ou compreendidas quando as escrevemos. Porque escrever é explorar o mundo e nós mesmos com um instrumento muito mais rigoroso que o pensamento invisível: o pensamento gráfico, visual, reversível, implacável dos signos do alfabeto."

Na obra de Ribeyro, estas *Prosas* são parentes próximas de *La tentación del fracaso*, título eloquente do volume em que reuniu diários mantidos com poucas interrupções entre 1950 e 1978. Ambos dão testemunho de como existência e literatura estão inapelavelmente misturadas, indiscerníveis, mas não da forma romântica com que se costuma falar nesta unidade, a consagrada pelos escritores-heróis de vida rocambolesca ou por aqueles de impulso trágico. Os 65 anos de Ribeyro transcorreram sob austera discrição, entre a música clássica onipresente e a bebida e os cigarros mais presentes do que manda a prudência, entre o trabalho diuturno em contos e a sincera descrença nos brilharecos da literatura, entre a mulher e o filho profundamente amados e uma solidão acachapante. Ameaçado por um câncer que entre idas e vindas terminou por matá-lo, dividido entre a França e o Peru, o homem e o escritor são um só, negociadores empenhados em tornar suportável o peso das múltiplas exigências da vida.

Ribeyro escrevia compulsivamente: iniciava contos, romances e ensaios, tocava diversas possibilidades ao mesmo tempo em diversas frentes, sempre acompanhado por cigarros e um bom Bordeaux, de preferência perto de uma janela, muitas vezes ouvindo música. Foi no meio desse caos criativo que nasceu este livro, ao que parece em torno de 1970, quando ele anotou: "Milhares de folhas dobradas, manchadas, misturadas. Sua leitura atenta exigiria meses de trabalho. Para selecionar e passar a limpo, um, dois anos.

Até agora só consegui recopiar umas cinquenta páginas de notas sob o título de *Prosas apátridas*. Mas restam centenas de outras notas." A primeira edição, publicada em 1975 em Barcelona, reunia 89 fragmentos sem numeração; três anos depois, uma edição peruana chegava a 150 textos, numerados; finalmente, em 1982, chegou-se a esta versão, "definitiva" com suas 200 "prosas".

A decisão de publicá-las, assim como a outra, posterior, de transformar em livro os diários, foi para Ribeyro motivo de inquietação. Temia que se tomassem seus escritos como "[...]", de algum jeito exemplar – "tratados informativos', que pretendem nada mais do que dar conta esporadicamente de minha vida ativa ou reflexiva", escreve no diário em 1975. Dizendo-se, sem autocomplacência, "literalmente um 'homem sem qualidades'", define com precisão a contundência do que escreve: "A única coisa que pode me redimir é talvez minha lucidez para julgar minha situação, minha tenacidade em continuar escrevendo apesar de obstáculos naturais e acidentais e esta espécie de irradiação interior (a que, na falta de outro termo, chamo de saúde moral) que me permite atravessar minhas adversidades cotidianas para continuar vivendo, baseado no princípio de que sempre temos algo a fazer, por pouco que façamos."

Em outro momento deste mesmo 1975, anota que sua intenção com este livro era reunir "algo que pudesse servir a alguém, se pudesse citar e invocar em momentos de

desamparo e em que se pudesse encon[...]
se deixar vencer". Antes que o leitor pense, [...]
do sequer, numa espécie de autoajuda, desde s[...]
provável em personalidade tão desencantada, ele esc[...]
"Minhas *Prosas apátridas* não são obra de um moralista, na
medida em que não propõem uma conduta. Um moralista,
apesar de seu ceticismo, busca assinalar certas regras de
vida e mal ou bem indicar o caminho que se deve seguir
para chegar à salvação. Em minhas prosas há pouco ou nenhum conselho. Tudo se circunscreve ao âmbi[...]
cação pessoal, sem [...]
seu defeito."

No moralismo sem moral de Julio Ramón Ribeyro há, no entanto, um princípio geral que de alguma forma o define em relação ao mundo: literatura não é algo a ser fetichizado por quem a lê e tampouco ritualizado por quem a pratica. Daí o horror às "casas de artistas" ("nada mais angustiante do que ver a poltrona de Voltaire, a tabaqueira de Bach ou o pincel de Leonardo. Coisas desabitadas. O espírito passou por ali, para instalar-se na obra"), o desprezo simétrico pelo escritor excessivamente intelectualizado e pelo excessivamente "visceral" ("o primeiro me incomoda por seu afã excessivo de se mostrar inteligente, o segundo por dissimular isso e aparecer como o homem vital que está cagando para tudo e todos") e a ideia da fama e do reconhecimento como uma casualidade ("A existência de um grande escritor é um milagre, o resultado de tantas convergências fortuitas como as que confluem para a eclosão de uma dessas belezas universais que fazem sonhar toda uma geração. Para cada grande escritor, quantas cópias ruins a natureza tem que testar!").

Despida de sua ritualística, a literatura passa a ser um "modelo de conduta" cujos princípios, define ele no fragmento 137, "podem ser extrapolados para todas as atividades da vida". Daí a "tentação do fracasso", ameaça permanente para os que vivem em austera observação de suas convicções, do gosto literário ao etílico, em um mundo pouco alvissareiro, no qual "talvez nossos únicos atos valiosos e fecundos sejam as palavras ternas que pronunciamos alguma vez, algum gesto arrojado que tivemos, uma carícia distraída, as horas empregadas para ler ou escrever um livro. E mais nada".

Prosas apátridas, é preciso que se diga, passou, e com louvor, por critérios tão estritos quanto os do próprio autor – o que, acredite, não era nada fácil. Ao relê-las em 1978, antes portanto de sua forma finalíssima, um Ribeyro surpreendentemente satisfeito faz uma avaliação que, em tudo e por tudo que se viu aqui, pode-se considerar importante: "Provavelmente é o melhor que dei de mim. Encontro algumas [prosas] que me surpreendem e me emocionam porque não sei como surgiram nem por que as expressei assim. São textos que me ultrapassam, quero dizer, que são melhores do que eu. Creio que neste livro, em alguns momentos, avancei para além de minha própria fronteira."

Rigorosamente fiel a estes princípios, Julio Ramón Ribeyro tocou sua vida e sua obra nos limites a que se impôs. Um ano antes de morrer, decidiu voltar a Lima. A saúde não permitiu que recebesse pessoalmente o Prêmio Juan Rulfo de 1994, entregue à mulher, Alida, e ao filho, Julio, que hoje cuidam com zelo dos destinos de sua obra. Morreu em dezembro daquele ano, pouco depois da cerimônia. Em seu túmulo, fez-se reproduzir a última destas *Prosas apátridas*, que se não revela otimismo, este sintoma tão frequente entre desinformados e iludidos, reitera a persistência como valor supremo: "A única maneira de continuar vivendo é manter serena a corda de nosso espírito, tenso o arco, apontando em direção ao futuro."

Até agora só consegui recopiar umas cinquenta páginas de notas sob o título de *Prosas apátridas*. Mas restam centenas de outras notas." A primeira edição, publicada em 1975 em Barcelona, reunia 89 fragmentos sem numeração; três anos depois, uma edição peruana chegava a 150 textos, numerados; finalmente, em 1982, chegou-se a esta versão, "definitiva" com suas 200 "prosas".

A decisão de publicá-las, assim como a outra, posterior, de transformar em livro os diários, foi para Ribeyro motivo de inquietação. Temia que se tomassem seus escritos como um relato de "formação", de algum jeito exemplar – "trata-se em geral de uma série de fragmentos 'informativos', que pretendem nada mais do que dar conta esporadicamente de minha vida ativa ou reflexiva", escreve no diário em 1975. Dizendo-se, sem autocomplacência, "literalmente um 'homem sem qualidades'", define com precisão a contundência do que escreve: "A única coisa que pode me redimir é talvez minha lucidez para julgar minha situação, minha tenacidade em continuar escrevendo apesar de obstáculos naturais e acidentais e esta espécie de irradiação interior (a que, na falta de outro termo, chamo de saúde moral) que me permite atravessar minhas adversidades cotidianas para continuar vivendo, baseado no princípio de que sempre temos algo a fazer, por pouco que façamos."

Em outro momento deste mesmo 1975, anota que sua intenção com este livro era reunir "algo que pudesse servir a alguém, se pudesse citar e invocar em momentos de desamparo e em que se pudesse encontrar a força para não se deixar vencer". Antes que o leitor pense, por um segundo sequer, numa espécie de autoajuda, desde sempre improvável em personalidade tão desencantada, ele esclarece: "Minhas *Prosas apátridas* não são obra de um moralista, na medida em que não propõem uma conduta. Um moralista, apesar de seu ceticismo, busca assinalar certas regras de vida e mal ou bem indicar o caminho que se deve seguir para chegar à salvação. Em minhas prosas há pouco ou nenhum conselho. Tudo se circunscreve ao âmbito da verificação pessoal, sem uma lição posterior. E este talvez seja seu defeito."

No moralismo sem moral de Julio Ramón Ribeyro há, no entanto, um princípio geral que de alguma forma o define em relação ao mundo: literatura não é algo a ser fetichizado por quem a lê e tampouco ritualizado por quem a pratica. Daí o horror às "casas de artistas" ("nada mais angustiante do que ver a poltrona de Voltaire, a tabaqueira de Bach ou o pincel de Leonardo. Coisas desabitadas. O espírito passou por ali, para instalar-se na obra"), o desprezo simétrico pelo escritor excessivamente intelectualizado e pelo excessivamente "visceral" ("o primeiro me incomoda por seu afã excessivo de se mostrar inteligente, o segundo por dissimular isso e aparecer como o homem vital que está cagando para tudo e todos") e a ideia da fama e do reconhecimento como uma casualidade ("A existência de um grande escritor é um milagre, o resultado de tantas convergências fortuitas

Este livro foi impresso na Editora JPA Ltda.,
Av. Brasil, 10.600 – Rio de Janeiro – RJ,
para a Editora Rocco Ltda.